DUSHI
TONGHUA

都市童话

被带偏的日子

无心插柳 著

新世纪出版社
·广州·

图书在版编目（CIP）数据

都市童话：被带偏的日子 / 无心插柳著. —广州：新世纪出版社，2023.2
ISBN 978-7-5583-3729-1

Ⅰ. ①都… Ⅱ. ①无… Ⅲ. ①散文集—中国—当代 Ⅳ. ①I267

中国版本图书馆CIP数据核字（2022）第258204号

出 版 人：陈少波
策　　划：萧宿荣　翁　容
责任编辑：吴晓玲　冯玉婷
责任校对：庄淳楦
责任技编：王　维

DUSHI TONGHUA: BEI DAIPIAN DE RIZI
都市童话：被带偏的日子

出版发行：新世纪出版社
　　　　　（广州市大沙头四马路10号）
经　　销：全国新华书店
印　　刷：广州一龙印刷有限公司
　　　　　（广州市增城区荔新九路43号1栋自编101房）
规　　格：889 mm × 1240 mm
开　　本：32
印　　张：8.25
字　　数：145千
版　　次：2023年2月第1版
印　　次：2023年2月第1次印刷
定　　价：49.80元

质量监督电话：020-83797655　　购书咨询电话：020-83781537

这是一个发生

在你身边的故事

序一

小院子里的开阔

徐南铁

"无心插柳"先生是我的邻居。两家相去不远,可以在自己的阳台上向对方打招呼。我们的门前都有一个小小的院子,自然都种了些花草,也都建了个喝茶的小亭子。余下还有空余的面积可用,我生性疏懒,缺少计划和整饬,没有认真利用,甚至只是随意地用来临时堆放些杂物。"无心插柳"先生则不然,他珍惜和妙用空间,精心建起了一个小型的"动物乐园"。

搬进来的时候,"无心插柳"先生就在院子里开辟了一个鱼池。池子虽不大,却足以让十几尾硕大的锦鲤往来游弋。他将鱼池巧妙地延伸到茶亭的下面,扩大了鱼的活动空间。尤其让人惊叹的是,鱼池的一个侧面就是他家里地下室的墙,"无心插柳"先生用一块大玻璃,将这面墙设计为一个观赏鱼的窗口。坐在他家的地下室里,可以一边悠闲地喝茶,一边透过玻璃平视甚至仰视那些锦鲤,借着水下的灯光看它们在水面或池底摇头摆尾,让人宛如面

对公园里的水族馆。

"无心插柳"先生是个爱动物的人。他养了几只鸟、几只龟,又养了几只松鼠。经常在他小院子里溜达的还有几只狗。更多的是猫,最多时有七八只。如今都市人心灵孤独,养狗养猫并不稀罕。奇特的是,"无心插柳"先生院子里的猫常常变换不同的毛色与面孔。多去他家几次才知道,这些猫的形象不固定是因为它们多是小区里的流浪猫,并非全是"无心插柳"先生自己所养,所以每次见到的未必相同。但是这些猫一只只在此都毫无生疏感,把这里视为自己理所当然的领地,在院子里高视阔步,旁若无人。

早晨,我常常遇见"无心插柳"先生遛鸟。他穿一件半长的深蓝风衣,不停地从口袋里掏出小米或其他什么好吃的东西往空中抛撒。八哥或在他头上翻飞叼食,或落在他肩膀上引颈张望。鸟吃过他喂的食物之后,常常有热情的"回赠"。他那件深蓝"工服"上,总是布满星星点点的白色鸟粪,成为他遛鸟的装饰品,也是他爱鸟生活的印记。

晚饭后我去散步,则常常遇见"无心插柳"先生端着食盆,去小区游泳池旁的一个旮旯喂猫。他喂的是小区里的流浪猫。他知道那些猫藏在哪里,而那些猫到了这个时间，也会到游泳池边的那个旮旯去等候开饭。有时候，某只猫饿了，会按捺不住提前到"无心插柳"先生的院子门口等候。"无心插柳"先生发现了，就会提前给这个性急的家伙一点食物，以示安慰。因而他的院子门口也常常有一只盛猫食的盆子。

"无心插柳"先生熟悉小区里每只流浪猫，知道每只猫是胆小还是胆大，是好动还是好静，一般会藏身何处。他也知道哪些猫是同一窝的，有血缘关系；知道它们的妈妈是谁，还知道那只做妈妈的猫生过几窝猫崽，以及猫崽们的去向……除了收养流浪猫，"无心插柳"先生还曾收养那些折翅受伤的小鸟，收养被风雨掀翻的鸟窝里的雏儿。

"无心插柳"先生其实是艺术中人，是有家学渊源的专业古筝演奏家。他从艺术机构的管理工作岗位上退休之后，除了带带学生之外，大多时间是在伺候他所钟爱的这一班小动物。他告诉我，每天早上起来就要为它们忙碌一个小时以上。所以他对一般退休老人钟情的旅游没有兴趣。他说，我和这些动物在一起那么开心，何必要舟车劳顿、到处乱跑。

不过"无心插柳"先生似乎也有为这些小动物烦心的时候。有一天我去自己的工作室，在小区路上遇到他。

我们站在路边随便聊了几句。一只灰白杂色的猫正不即不离地跟着他。他望着那只猫,抱怨说他收养的那些猫有时很烦、不听话、很费事,真不想管它们了。恰好我工作室养的那只猫最近不知怎么走失了,我接他的话顺势提出,想要他一只猫。我当然知道,那些猫大多是他收容的流浪猫,但小区里的人都把那些猫当作是他家养的,归他管,当然要问过他。

"无心插柳"先生随口答应了我,但是他没想到我指了指不远处那只猫,随即提出:"就这只吧,我现在就带走。"他的眼光顿时游移闪烁起来。不过他似乎不好改口。尽管口气中透露出一刹那的迟疑,却还是同意了,转身回家去把猫笼提了出来。

猫被我带走了,在接下来的三天里,"无心插柳"先生天天给我发微信或者打电话,反复问那猫的情况,一再提醒我要如何如何,甚至连买猫粮要买什么牌子也再三加以叮嘱。我只好也频频去向我工作室里的工作人员转述。直到"无心插柳"先生问我工作室的地址,说要来看望这只猫,而且要送点吃的来。我这才算是彻底明白,"无心插柳"先生所谓的"有点烦"是言不由衷。他让我带走那只猫只是因为我开了口,不好意思拒绝,心里肯定老大地不愿。这种不舍还源于不放心,担心猫不能得到恰当的照料，受到委屈。我的工作室里不是有走失猫的"前科"吗？

我不能夺人所爱，更不能让我的朋友"无心插柳"先生总是牵肠挂肚。于是我决定，立即将猫交回给他。电话里一说，他倒是没有任何客气话，马上就连声说："好、好！"我似乎看到了他在电话那头满脸的笑。

我把猫送到他家。他的太太嗔怪他说："送出去的东西怎么能要回来？"他笑笑不回应。我更加认定自己的处理非常正确。回到他的小院子里来，其实也是顺了那只猫的意愿。跟着这个满怀动物念想的"无心插柳"先生，应该是动物们最好的归宿。

随着跟动物的交往增多，"无心插柳"先生跟动物们的情感也日益加深。他想为这种情感留下岁月的印记，于是在日常的交往中不断给小动物拍照，记录它们日常生活的一个个瞬间，从而积累了大量图片，构成了一个个故事。近日，他从每日与动物们相处的图像记录中，选出了一批照片，以松鼠为主角，加以生动有趣的文字，编成了一本图书《都市童话：被带偏的日子》。从书名就可以知道，饲养小动物给作者生活带来何等的影响。在逼仄狭窄的生活空间里，那种自得其乐令人艳羡。

书中照片里的小动物，个个憨态可掬，似乎通晓人

性。而"无心插柳"先生撰写的文字却不仅仅是拟人化那么简单，他"拟动物化"地把自己也平等地放进了故事里，似乎也成为一只调皮的小动物，从而形成了人与动物心心相印、浑然一体的场景。在"无心插柳"先生眼里，所有的一切都妙趣横生。锦鲤会交头接耳，松鼠会多愁善感，甚至会假装怀孕。所以这本书被他定位为"都市童话"。

在《都市童话：被带偏的日子》中，"无心插柳"先生为我们打开了一个和谐共存、自然美好的世界，令人向往和陶醉。作为艺术家的他，是在以图像和文字呈现另一种艺术。当他的狗喝他珍藏的贡茶上瘾，当他的松鼠陪伴他听音乐、抚琴，我相信，茶的清雅之气和古筝的悠扬韵律始终萦绕在他的心中，与他爱动物的生活交融。我们关爱动物不是对它们的恩赐；我们对动物的喜欢也不是居高临下，而是生命意义的相互温暖和给予。

这本书令人感动，除了因为它有趣，更因为它是人类童心的直接流露，是大都市的人对乡村野趣的留恋。这些图片和文字后面，展现的是一种文化的深远视野，是人类的辽阔心胸。谁也无法断言或想象，我们栖息的这个星球究竟能存活多久，甚至时间也必然散落消失。我们的生命更是短暂，一切终将逝去，我们追求的只是赏心、安心、

静心和虔心，以转瞬间的温暖去换取价值的永恒。

我同"无心插柳"先生一样，养了猫和狗，也养了鸟。我同样真心喜欢这些动物，所以同"无心插柳"先生有很多共同的话题。有一次我们在一起品尝新茶，聊起动物，他说，他所做的关于动物的一切都是"为人类赎罪"。在非正式场合的聊天中随意流露的话，却让我震惊。是啊，人类为了自己的需求，漠视动物，随意虐杀动物，不尊重生命，肆意破坏生命的和谐共存。这无疑可以算是生物意义的犯罪。"无心插柳"先生愿意以微薄之力，用自己的方式承担一份责任。虽然这未必能够改变社会生活的大趋势，却体现了生命意识的觉醒，是人类大爱的具体诠释。这也正是他的书蕴含的文化深意。

看过"无心插柳"先生的书我掩卷叹息，思绪万千。这本书主要是围绕几只松鼠展开，如果就此收笔，似乎是对家里其他动物的"不公平"？也许"无心插柳"先生还应该为他的狗、他的猫、他的鸟，甚至还有他的鱼各编一本图文书。因为它们都是人类的朋友，都牵扯着我们的情感。尤其是对于"无心插柳"先生这样充满爱心的人来说，更是如此。或者，他心中已经有镜头和文字的下一个目标了？那一定也是爱心与童趣交织的作品。我期待他的下一部作品问世，期待有更多人和他一起，带着悲悯和怜爱走进动物世界。

喜爱动物的人总是对生活满怀热情的向往。我记得，有一次我和"无心插柳"先生一起去考察文化项目，住在珠江中一个袖珍的小岛上。我们都非常喜爱、羡慕岛上植被葱茏的静谧、优雅。晚饭后散步时，"无心插柳"先生充满憧憬地跟我说，要是他的院子有这么大，他就会养更多的动物，包括养羊、养马、养牛……最后他豪气地说了一句："只要有条件，我什么都养！"

听此言后，有好些日子我一直想象着那样一个阔大的空间，植物茂盛，动物欢欣，人在其中恬静安详。我当然知道院子的面积总是有限的，但我也深深知道，人的心灵可以无限广阔，可以容纳天地之苍茫和万物之芸芸。

作者简介

徐南铁，广东省文艺研究所研究员，广东省文史馆馆员，曾任广东省文联副主席、岭南美术出版社社长兼总编辑。

序二
人与动物合奏的天籁之音

涂燕娜

有幸作为《都市童话：被带偏的日子》最早的读者，不知不觉也被书中野趣十足的动物们带进故事中，仿佛置身庭院，参与着多多、雯雯、聪聪、老祖宗、Kiki、猪屎喳、高髻冠、流浪猫们热闹的日常生活。

小小的庭院，装着大大的世界。这里不仅有苍老遒劲的百年老栀子树、流水潺潺的小池塘、茶香四溢的木亭子、各式动物的舒适居所，还有一群自由奔放、天性野趣的小动物们。这就是一个微缩版的自然界。在这里，每天都上演着许多精彩却又富有内涵的画面和故事，呈现出人与动物之间、动物与动物之间和谐友好却又不乏较劲争斗的自然规则：多多、聪聪、雯雯三只松鼠的相爱相斗；多多与Kiki好到可以骑在Kiki背上的闺蜜情；多多不小心与老祖宗结下最终又顺利化解的梁子；作者为龟女儿找到一只不会游泳差点被淹死的金龟婿，为杀灭孑孓而误杀一池美丽的睡莲，与猪屎喳之间展开的一系列斗智斗勇的故事，

与高髻冠夫妻结下的深厚情缘……

可以说,"无心插柳"与动物们丰富多彩的生活,就是人与自然和谐相处的一个范本,真实、趣味、深情、野趣却也不乏狡猾、善变、争斗的一面。许多故事在忍俊不禁的会心一笑过后,却犹如石落心海,荡开涟漪。拟人化的手法,写的是小动物,却又无处不是人类自己;呈现的是动物们的世界,却又何尝不是在写人类社会呢?意趣十足的语言,蕴含着巨大的能量、情怀与哲理,每每读完总会多出许多沉思。

"无心插柳"观察入微,由己及彼解读动物们深层次的内心世界,许多细节与画面读完都在心中留下深刻的印象:多多发现老栀子树上的树洞后,经常独自在树洞中睡着做美好的梦,也许是梦见远方的故乡和亲人;聪聪在天台顶上对着远方遥望,怅然若失……读来都让人想流泪,人如此,动物何尝又不是呢?

合上书,小动物们的身影依然在脑海中萦绕,一曲人与动物间的天籁之声在心中长久地回响。

我们要感谢松鼠多多,因为它才有了这部有意思的书。它为我们的都市生活打开了一扇窗,让我们知道原来人与动物美好的童话并非一定是在遥远的深山老林中,在我们触手可及的都市生活中同样能够拥有;它以观照人类

的方式观照小动物们，体验动物们的悲欢离合，启迪我们如何与动物更好地相处；它还开启了一种新的生活方式，告诉我们拥有童心、保持善念、善待动物，生活会因此而跌宕起伏、美妙无限。

这是发生在都市里的童话故事，也是发生在我们身边的真实的故事；它写的是动物世界，写的也是人类社会；它适合各个年龄层的人阅读，孩童看到童真童趣，成年人看到现实百态，老年人看到生活新方式。可以说，一千个读者眼中，就有一千只多多，每个人都能从中读到自己所需，我想这应该就是好的童话读物所要达到的理想效果吧。

最后，愿这本书在带给每一个有幸读到它的人以欢乐之余，还有一点感动与思考。

作者简介

涂燕娜，90后青年作家，广东省作家协会会员，广州市作家协会副秘书长。

自序

2014年7月的一天，百无聊赖，我来到了本市的一个花鸟市场。突然，几只活泼的小松鼠映入了我的眼帘，小松鼠呆萌的外表和灵动的举止让我怦然心动。

我自小就喜欢动物，养过的和接触过的动物不计其数，但唯独没有真正接触过松鼠。

我一直十分心仪松鼠这种动物，这源于小时候看过的一些文学作品，在这些文学作品中，松鼠被誉为是"森林里的精灵"，也被形容为"森林里的一道闪电"，这些生动形象的描述，让我觉得松鼠非常神奇，并在心里留下了深深的烙印。

真正有机会近距离接触松鼠，还是那一年在联合国总部那片枫树林里。那一天，枫树林里几只不知名的松鼠热情地接待了我们。当时，我们的手里并没有食物，但这不影响那些松鼠对我们的热情。它们十分友好地来到我们的面前，不为讨要食物，眼神里没有惊慌，这让我感到十分惊讶！我在想：它们怎么可以对人类有如此般的信任？难道就因为这里是联合国？

那一天，松鼠们留给我的印象与联合国那座著名的雕像——一把枪管被扭曲的左轮手枪留给我的印象一样深刻！难忘！

那天在花鸟市场，我没有过多犹豫就把小松鼠买下了。

小松鼠的到来，完全打乱了我们的生活节奏，我更是深陷其中。除了每天要照顾小松鼠的起居和吃喝拉撒，我还要像哄小孩似的,对它百般呵护,千般讨好。小松鼠真的像个精灵,它的每一个动作、每一个眼神都牵动着我的神经,让我甘愿每天为它辛苦、紧张并快乐着。

小松鼠的到来,犹如吹响了一声集结号,不久,许多新成员纷纷闪亮登场,它们计有:人见人爱的雪地松鼠聪聪和雯雯;"高龄剩女"博美犬老祖宗和大美女萨摩耶犬Kiki;还有一对无比恩爱的野鸟高髻冠夫妻和一只被我塑造成反派的野鸟猪屎喳;其后,还有几只姗姗来迟的黄缘闭壳龟和五只未断奶的小流浪猫。它们先后闯入了我的生活,把我原来平静的生活激起了阵阵涟漪,我欲罢不能,我的生活完全被它们带偏了。

为了把这一切记录下来,我开始拿起手机拍下它们一个个动人的身影和精彩的瞬间,记录我与它们那些令人难以忘怀的独特际遇;之后,我又开始为这些照片编写文字，撰写它们的趣事；再往后，我不小心"触网"了，在朋友们的"挑唆"下，我把这些也许还很青涩、很不专业的照片和文字发到了微信朋友圈，没想到也有朋友喜欢。很快，小松鼠走红了，还收获了许多粉丝；它的故事甚至引来了当地媒体的采访和报道。

从2014年开始，我与这一众小动物的亲密互动就一直延续着，我的拍照和书写也一直延续着，几年下来，就有了这一百多篇的小故事。

今天，我决意把这些小故事结集出版，是希望通过我的经历，通过这些小故事，让更多人和我一起来领略与动物、与自然界和谐相处的快乐与纯真。

无心插柳
庚子鼠年冬月

第一章
一念之间

一念之间　／002

一份特殊档案　／004

早教（二则）　／006

毕业了　／010

多多与玩具　／012

发现了一个树洞　／014

梦中的摇篮　／016

多多的另类茶道　／019

多多对抽烟的成见　／021

多多喜欢看书　／023

多多的音乐天赋　／026

结识了新朋友　／028

与Kiki的第一次遭遇　／030

过分亲密的尴尬　／032

多多的新家　／034

第一次洗澡　／036

新伙伴　／038

起名字真难！　／040

聪聪和雯雯　／042

唉！女孩子！　／044

目录
Contents

第二章 二月里来

观　鱼　/048

多多与沉思罗汉　/050

多多与老渔翁　/053

多多与钟馗　/055

聪聪当家（二则）　/058

龟趣（六则）　/064

入冬前的那场游戏　/073

变　故　/075

念　旧　/078

话说老祖宗（四则）　/080

多多的新衣　/086

王者归来　/088

二月里来　/090

三月的狂欢　/092

期　待　/094

产房！产房！　/096

疑似怀了"BB"之后　/099

第三章 第三个中秋节

一物降一物（七则） / 104

一件防暑利器 / 116

聪聪孵蛋 / 118

鼠亦有情 / 120

给聪聪喂药（二则） / 123

舔狗毛 / 126

晒青草 / 129

聪聪的彷徨 / 131

一场别开生面的音乐会 / 133

秀子关上捉虱子 / 135

怎么松鼠都喜欢捉弄人？ / 137

茶盘上的恩怨（二则） / 139

玩过火了！ / 142

话不投机半句多 / 144

第三个中秋节 / 147

想要一辆车 / 149

真的买车了 / 151

家乡的小竹篮 / 153

两个大南瓜 / 155

特殊香客 / 157

大门口的奥秘 / 159

第四章 狗年的憧憬

一对鸟夫妻（七则） /164

多多受伤了（二则） /176

雯雯的糗事（五则） /180

一朵菜花 /189

鸡年的笑话 /192

不怕贼偷，就怕贼惦记 /194

良心发现 /197

恐怖的门牙！ /199

处暑的那场风雨（六则） /201

核桃危机 /213

半边橙皮 /216

冰释前嫌 /219

龟邻居 /221

故地重游 /224

一对石磙 /227

狗年的憧憬 /230

后　记 /235

第一章 一念之间

一念之间

一念之间，我在花鸟市场买回了一只仅有一个多月大的小松鼠。

当时的她，一脸天真无邪、呆萌可爱的样子，我一下就被她萌翻了，顾不了太多，就把她领回了家。

小松鼠的到来，让一家人喜出望外，我儿子更是喜欢得不得了，他拿来了许多他认为小松鼠可能会喜欢的食物，试图博得小松鼠的欢心。就连一向不怎么苟同我养动物的女主人（我的太太），也一反常态走过来凑热闹，她还一时心血来潮给小松鼠起了个名字——多多。我很好奇地问她起这个名字有什么说法，她说没有什么说法，但愿她给我们带来快乐多多、好事多多而已！我一想，这还不是说法？这可是一个好贪婪的说法。

小松鼠的到来，终于圆了我儿时的一个梦。从这一天

第一章 一念之间

开始,小松鼠多多就成为我们家庭特殊的一员,开始了她在这个大都市与我们一家注定不平常的生活。

一份特殊档案

　　那天在买多多的时候，我完全被她呆萌可爱的外表迷住了，一时高兴就把她买了回来。但回到家几天下来我才知道，这小家伙不只是呆萌那么简单，她还有不为人知、极难对付的另一面。

　　我赶紧补课，翻阅书籍、在网上查阅资料、请教宠友。

　　终于，我对多多有了更多的了解，也掌握了她更多的"隐私"。

　　以下是我根据这些信息给多多建立的档案。

第一章 一念之间

档 案

编号：鼠字2014（001）号

原名	灰松鼠	艺名	魔王松鼠	小名	多多	
性别	女	年龄	一个多月	学历	文盲	
籍贯	中国东北深山老林	家庭出身		自由职业		
爱好	吃喝玩乐	特长		攀爬、跳跃、啃咬、逃逸		
个性			活泼、开朗、顽皮、脾气倔强、吃软不吃硬			
经历			1. 此前一直在吃奶； 2. 不久前被贩卖到广州； 3. 2014年7月被领养； 4. 涉世未深，无不良嗜好，根正苗红。			

早教（二则）

一

据说鼠龄在一至两个月的时候，是训练松鼠的最佳时机。

在花鸟市场，有一位来自天津的上了年纪的大玩家，他戴着一副度数极高的近视眼镜，这更增添了他知识渊博的表象。由于来自曾经的皇城脚下，他好像熟知过去京城那些达官贵人、公子哥儿的各种玩意，什么斗鸡、斗狗、养鱼、遛鸟，无所不通。

买了多多以后，我赶紧跑去找那位玩家临时抱佛脚。在他的指点下，我给多多量身定制了早教的课程，还专门为此次的课程制作了一个很特别的课室。这个特别课室，就是把一个大平底花盆倒扣过来，再用一根小链条把多多拴住，限制在花盆底这个狭小的空间，接受她鼠生的第一次正规教育。这个课程的主要目的，就是要医治多多的多动症，并培养她和我的友谊。

这种画地为牢，以限制行动自由为主要手段的训练，对于从来都无拘无束、目无组织纪律、习惯了漫山遍野乱跑乱窜的松鼠来说，简直是要了她的命。

训练一开始，多多就十分抗拒，无论我怎么苦口婆心，动之以情晓之以理，她就是不听。她还想出各种招数来应付我的训练，一会儿装得呆若木鸡，一会儿装得半死不活，一会儿又做出要与我来个鱼死网破的样子，总之就是想方设法逃避训练。但她的这些小伎俩我小时候就已玩得出神入化了,又怎会被她蒙了呢?再说了,我可不能让她输在起跑线上。

看到我软硬不吃,一副铁石心肠的样子,多多意识到自己碰到一个虎爸狼爸了。她别无选择,只好进入了被动的学习状态。

二

多多最大的问题是注意力不集中,常常是课还没上一会儿,屁股还没坐热,就吵着要下课,闹着要出去玩,弄得每天真正上课的时间还没她玩的时间多。

更严重的是她还逃课。有一次,她竟趁着课间休息,突然蹿到我家院子那棵大石榴树上,在树上玩了个天昏地暗,任由我在树下磨破了嘴皮她都装作没听见,害得我只好搬个小板凳坐在树下足足等了她大半个小时，那天的课自然又泡汤了。

最可气的是她后来还学会了搞有偿学习，学会了跟我讨价还价，每次上课都要跟我讲价钱，不满足条件就罢课，弄得我一点办法都没有。这时候，我才体会到，给一只松鼠当老师有多难。

但尽管多多对学习是这样心不甘情不愿，尽管多多的学习是这样三天打鱼两天晒网，经过将近十天的训练，多多还是有了明显的变化。她已经记住了自己的名字，懂得了回应我的召唤，她不再有事没事到处乱窜，而是习惯了静静地待在我的身边。她与我也有了更多的互动。现在，哪怕我递给她的是一张纸片、一片树叶，她都会愉快地接过去。她还喜欢像只小狗那样追着我满院子跑，累了、困了就会依偎在我的身上酣然入睡。

经过这次的学习和朝夕相处，多多与我建立了十分亲密的关系，她变得十分依赖我，变得更可爱了。多多的变化让我喜出望外，也让我更加坚信当初带她回来是个英明的决定。

毕业了

学习结束了!多多毕业了!多多终于可以离开这个让她倍感屈辱又百般无奈的"课室"了。

多多的毕业成绩是这样的:

第一章 一念之间

最后，老师还在她的毕业评语中留下了一句十分励志又让人啼笑皆非的话：但愿下辈子不再当你的老师！

解除了束缚的多多别提有多高兴了，她在我家的小院子里东奔西跑、爬上爬下，体会着从未有过的自由自在。她时而跳到那块大灵璧石上探头探脑，时而钻进那棵大盆景树浓密的树荫里和我玩躲猫猫，时而又爬到那棵高大的石榴树上，有多高就爬多高，任由我在树下急得直跳脚。

在多多的眼里，这里的一切都是那么地新鲜有趣，此时此刻，她尽情地放纵着自己的好奇心，尽情地挥洒着自己的青春年少，尽情地领略那不一样的都市新生活。

多多就这样快乐并调皮着。

多多与玩具

跟所有的小朋友一样,多多也有了许多属于自己的玩具。

为此,她曾经实实在在高兴过,但没过几天,她就高兴不起来了。因为,那些玩具对她来讲都太巨大了,她根本就玩不动。

就拿她最喜欢的那个塑料哑铃来说吧!她别说是举起来了,就算是使尽了吃奶的力气,想推动它都难,更别说练什么肱二头肌、肱三头肌了。在多多看来,这些玩具都不属于她。

那天,多多不知道从哪里弄来一根小木棍,她拖着那根小木棍满院子跑,把那根木棍舞来弄去,玩得挺起劲的,俨然一个孙悟空再世。

一开始,我不理解多多的行为,一根破木棍有什么好

玩的？都玩好几天了还不腻？

后来我想明白了，兴许，比起那些花花绿绿的大玩具，这根小木棍更能让多多找到一只小动物的信心与自尊。

是啊！我怎么就没想到呢？小动物也应该是有自尊心的！看来，我要重新给多多物色一批玩具了。

发现了一个树洞

我家的院子里，种了一棵树身直径达二十多厘米的老栀子树。如此大的栀子树可以说是极其罕见的，据一些行家说，栀子树生长缓慢，这么大的栀子树没有几百年是长不成的。这棵老栀子树的树身上，可能由于动物的啃咬或虫害的侵蚀，留下了一个碗口大的树洞，多多自从发现这个树洞以后，如获至宝，有种"他乡遇故知"的感觉，没事就往这里跑。

她整日在那树洞爬进爬出，流连忘返，玩累了就直接在树洞里睡上一觉，经常是到了吃饭的时间，还赖在那里不走，每次都要我扯着嗓子喊："多多，吃饭啦！"她才老大不情愿地离开。

起初，我不明白这个树洞为什么对多多有如此大的吸引力，直到有一次，我看到多多在那个树洞里安然入睡，

第一章 一念之间

脸上还挂着甜蜜笑容的样子,我似乎才明白了:兴许,多多在这个树洞里嗅到了大自然的气息;兴许,这树洞有她童年的回忆;兴许,这树洞寄托着她对故乡、对亲人魂牵梦绕的思念。

梦中的摇篮

我的家在小区一幢小高层楼房的一楼,小区里所有一楼的住户都配有一方小院。

我家的这方小院有七八十平方米,这对于身居热闹都市却整日做着田园梦的我来说,其诱惑力可想而知。就这样,我们一家人就毅然决然地从市中心繁华地段搬到了这个带有一方小院的新家。

我在院子里建了一个面积不大的木质小茶亭,之后,这个茶亭就成了平日里我与家人、茶友、三五知己品茗、闲叙之地。茶亭的门楣上悬挂着一块陶制的牌匾,上书:一方闲舍;两边的立柱上挂着一副陶制的对联,上书:壶小有天地,茶清无是非。这是启功先生的诗句,诗句中清幽、淡雅而又富有哲理的意境,使这座小茶亭陡生了浓厚的文气、雅气,也使得我们这些时常出入这里喝茶的凡夫俗子好像也成了斯文人。

茶亭里摆放了许多与茶有关的用品和物品：有各式各样的茶壶、茶杯、茶宠、茶叶罐及其他艺术品。在茶桌旁，还摆放了一件样子十分别致的竹制品，是我平时用来放置一些小物件的。

多多自从学业结束后，与我的感情倍增，她好像从一只松鼠变成了一只小狗，整天与我形影不离，我走到哪她就跟到哪。由此，她自然也成了这茶亭的常客。

那一次，多多在喝茶的时候，一眼看到这件竹制品，就疯狂地喜欢上了，之后每一次来到茶亭，她就总跟我吵着要坐在这里。

拗不过她，我只好腾空了这件竹制品，忍痛割爱让了给她，从此，这件竹制品就成了她的私家领地。也不知道是不是这件竹制品唤醒了多多的某个记忆，自那以后，每次和我在茶亭喝茶，她都会出奇安静地坐在这里。她手捧着我给她的核桃悠闲地啃着，那情景像极了一个坐在摇篮里捧着奶瓶的婴儿，十分趣稚、十分可爱。每一次看到这温馨的一幕，我都会情不自禁地想：没准多多真把这件竹制品当成了她梦中的摇篮。

多多的另类茶道

他们人类真蠢,连茶叶都不会吃!

和我一起喝茶时,有一件事情是多多最有兴致的,那就是摆弄我的茶叶。

泡茶的时候,每次我把茶叶拿出来,多多都会立即抢过去,她捧着茶叶左看右看,一会儿拿两片闻闻,一会儿拿两片尝尝,装模作样地摆弄一番,做出一副十分在行的样子。

但就这样一来二去的,多多似乎还真的对茶叶有了自己独到的见解。我留意到,在众多的茶叶中,多多似乎对铁观音情有独钟,每次只要是拿到了就不愿放下,而且常常就那样自顾自地吃了起来。多多一边得意扬扬地品尝着手中的茶叶,一边还不时向我投来一种轻蔑的眼神,那潜台词好像在说:你们人类放着甘香可口的茶叶不吃,非要把它弄成水来喝,还搞个壶啊杯啊!这不是自找麻烦吗?

我们松鼠才不干这蠢事呢！

多多的话听起来似乎十分可笑，但仔细想想却也并非全无道理。

相传我们的古人也吃茶叶，他们有把茶叶嚼着吃的，有把茶叶拌着佐料吃的，也有把茶叶腌制或研磨成粉吃的。时至今日，在我国的一些地方和东南亚一些国家，依然保留有吃茶叶的习惯。就连我们的另一个近邻日本，至今还流传着吃茶叶的"抹茶道"。

听说，吃茶叶还有许多的好处，可以消除口臭，可以消脂减肥，可以延缓衰老，还可以消炎抑菌等等。

呵呵！原来吃茶有这么多的好处，难怪多多……

多多对抽烟的成见

家里哪里热闹,哪里就一定有多多的身影。

多多是个看热闹不嫌事大的家伙,每回只要家里有客人来,不管是白天还是晚上,她都吵着要过来,就好像我的这些朋友也是她的朋友似的。

每次还没等客人坐稳,她就手忙脚乱地张罗开了。她在茶盘上跳来跳去,撞倒这个、打翻那个,把那些茶具弄得叮当作响。她一会儿问人家是喝红茶还是绿茶,一会儿又问是喝铁观音还是大红袍,指手画脚,显得比谁都忙,看她那架势，好像她才是这里的主人。唉！也不知道她这喧宾夺主、自作主张的毛病是得了谁的真传，反正我是没教过她。

我还留意到，多多似乎对抽烟有很大的成见。那一次，一个朋友可能是耐不住烟瘾，在我茶亭里抽起烟来。多多前脚还在那里跟人家称兄道弟、套近乎，后脚一见那客人抽烟，立马翻了脸。她在那里上蹿下跳，嘴里还喋喋不休，像是谁踩了她的尾巴，吓得我那朋友立马把烟掐灭了。唉！都说我们人类翻脸比翻书快，我看松鼠翻脸比我们人类还快。

自从知道多多反感抽烟以后，每次只要有人在茶亭抽烟，过后我都会把烟灰缸刷得干干净净的。但尽管这样，多多仍然会对着烟灰缸不依不饶地在那里嚷道："谁在这里抽烟？谁在这里抽烟？"

哈哈哈！好像多多也知道：吸烟有害健康！

多多喜欢看书

　　我的书桌安放在家中一个靠窗、光线明亮的地方。窗外就是家的院子，在这里既可以看到外面的风景，也可以洞悉那里发生的一切风吹草动。就因为这样，好事的多多也喜欢上了这里。

　　与书桌相配套的是一个体量不大的书柜，上面摆了数量有限的书籍。这里除了几本名著，其他基本上都是些音乐、文学、文玩鉴赏和动物饲养、种花种草之类的闲书，这些都是我平日里喜欢的，但后来我才发现，这些书多多也很喜欢。

　　多多每次到我的书桌上来，除了喜欢凭栏驻足观赏外面的风景，还喜欢摆弄我桌面上那些笔啊、纸啊之类的东西，她把这些东西拖来拖去，直到把桌面搞得乱七八糟。她还喜欢翻看那本《新华字典》，看她那一本正经的样子，好像她真的会查字典似的。

但每次到了这里，多多最喜欢的还是浏览我书架上那些花花绿绿、各式各样的书。她在书架上窜来窜去、爬高爬低，几乎对每一本书都不放过。每次看到多多对书如饥似渴、爱不释手的样子，我都会在心里想：没准她上辈子就是个读书人。

我一直想弄清楚多多为什么会对书有这种莫名其妙的兴趣，直到有一次我亲眼看见了那精彩的一幕，这个谜底终于被我揭开了。

那一天，多多又如往常一样在我的书架上乱跑一气，突然，她眼睛一亮，冲向我刚买的一本新书，捧起那本书

就啃了起来。但很快她就把书放下了,似乎很失望,一副怅然若失的样子,那表情好像在说:闹了半天,原来这书不能吃!

联想到之前多多就常有啃咬书的动作,我似乎突然明白了:多多一定是以为这些书是可以吃的,才会对这些书这般痴迷。

说到底,她根本就不是读书人,她就是个吃货。

多多的音乐天赋

多多对声音异常敏感，尤其是对音乐更是如此。

在一次喝茶的时候，我无意中播放了一首叫《寂静的山林》的乐曲，乐曲寂静、空灵，曲中虫鸣、鸟唱、山风徐徐、流水潺潺的声响，立即引起了多多的关注。她停止了所有的动作、竖起耳朵、睁大眼睛，全身的神经好像都绷紧了，那一次她竟破天荒一动不动地坐在那里听完了整首乐曲。多多的神奇反应让我想起了人们常说的：音乐是没有国界的。我在想：音乐或许还能跨越物种呢！

自从知道多多钟情于音乐，我在家弹琴的时候也喜欢带上她。每一次带她去听我弹琴，我都习惯把她放在琴尾处的一个纸箱上，而每到此时，多多就会一反常态地趴在我给她准备的"包厢"上，那专注的神情、严肃的态度俨然是音乐会上一个虔诚的听众。

更为神奇的是，多多常常会在我一曲终了的时候，突然如梦初醒般跳起来，她飞快地跑到我的琴上，在琴弦上急促地来回跑动。她从琴尾跑到琴头，又从琴头跑到琴尾，焦急地四处张望，像是在寻找那消逝的琴声。

而每当此时，伴随着多多急促而富有韵律的脚步，在她的利爪划过之处就会传来一阵阵悠扬、缥缈、梦幻般的琴声……

啊！我突然想起了"此曲只应天上有，人间能得几回闻"的诗句。

多多也许是这个世界上第一只为我们人类带来音乐的松鼠。

神奇的多多！

结识了新朋友

我家里还养了两只宠物犬,一只是博美犬,名字叫妹妹,另一只是萨摩耶犬,名字叫Kiki。

妹妹出生在2001年年初,按狗的年龄计算方法来计算,她早已过了古稀之年。但她至今仍耳聪目明、手脚麻利、精力旺盛,像个管家婆,家里什么事都要管。

妹妹还很要强,不服老。前年冬天,天气特别冷,别人家的猫猫狗狗都穿上了棉袄,我们也给她弄了一件,谁知道她死活不肯穿,还发脾气,意思好像是在责怪我们嫌她老。为了照顾她的情绪,我们只好作罢。

Kiki生于2007年,也是个女生,她是我们这一带远近闻名的大美女。Kiki长着一双萨摩耶犬少有的大眼睛,那长长的眼睫毛、黑黑的鼻尖、雪白的毛发以及修长的四肢和匀称的身材,让她走到哪里都自带流量,每一回上街总会有人请求与她合影留念。我在想，假如Kiki会写字，估计请她签名的人也一定不会少。哈哈！

多多来到我们家以后，很快就与妹妹和Kiki混熟了，尤其是跟Kiki。她们两个一见如故，有种相见恨晚的感觉，可以断定，日后她们俩的故事一定不会少。

与Kiki的
第一次遭遇

别看今天多多与Kiki那么老铁,可回想起她们的第一次遭遇,那也是惊心动魄、险象环生,当时我都被吓出了一身汗。

多多第一次远远看到Kiki,就在心里想:这个大块头会不会把我当点心一口吃了?

当Kiki向多多走过来的时候,多多心里想:来者不善,善者不来,要不要跑?

当看到Kiki快步向她跑来的时候,多多心想:好汉不吃眼前亏,快跑!

还没等多多跑出几步,Kiki已到了眼前,眼看已逃无可逃,她只好摆出一副听天由命的样子,心想:爱咋地咋地!

第一章　一念之间

接下来，神奇的一幕出现了。多多被吓得缩成一团，而Kiki则友善地看着她，亲切的气味交流，友好的肢体语言，Kiki给多多的是满满的善意，多多终于化险为夷。

其实，Kiki性格十分温和，从不以大欺小，只不过这些当时多多不知道罢了。但经过这次有惊无险的遭遇以后，她们俩算是"不打不相识"，竟成了好朋友并彼此引为知己。

过分亲密的尴尬

多多与Kiki自从有了那有惊无险的第一次相遇以后,竟成了忘年交,她们整天形影不离,一有时间就腻在一起,像永远有说不完的话。

有时候我都觉得挺纳闷的,她们俩年龄、经历差距悬殊,在一起能说些什么呢?

说世道沧桑、世态炎凉?多多能说什么呢?说她从东北被贩卖到广州?

谈美食?她们俩一个吃荤的,一个吃素的,那也说不到一块啊!

谈音乐?多多总共才听过一首《寂静的山林》和听我弹过几回琴,能说出什么调调来?

说笑话?多多唯一能说的笑话可能就是被我锁在花盆底的那段不堪回首的往事了,可那也不好笑啊!

反正我怎么都想不出她们哪来那么多话说。

Kiki还仗着自己身强力壮、牛高马大的，处处保护着多多，不让她受到一丁点的欺负，俨然一个贴身保镖、带刀护卫。

但有时候，这种过分亲密的接触也会带来意想不到的尴尬。

那一次，多多在院子里玩着玩着，突然跳到一棵大盆景树下，她大概想在那里"方便"一下。谁知道刚一跳上去，Kiki老远就看到了，她不明就里，以为是发生了什么事，赶紧冲了过去。没想到那边多多还没完事，看见Kiki冲过来，急得在那里大声喊叫："别过来，我在便便！"尴尬了吧！

多多的新家

多多已出落得有成年松鼠一般大了，她的能力和胆识也日渐增长，好动和爱冒险的天性更是日益显露出来，好几次都差点发生意外。为了确保多多的安全，防止她不慎走失，我决定给她建一个家。

根据松鼠的生活习性和活动特点，我对多多的新家进行了精心的设计。

多多的新家占地约两平方米，高两米，坐北朝南；三面环树一面向阳，通风采光良好，风水更是杠杠的。多多住在这样的地方，将来不给我生个状元或学霸什么的才怪呢！

这里功能齐备、设施齐全。计有一幢三层的木质小洋楼、一个高空观景平台、两间主卧室，还有餐厅、储藏室、健身房等，可以说是应有尽有。我就差没给她做一间

KTV房了。这里的道路交通发达，由两棵风干树组成的空中道路网络，犹如人类大城市里那些在头顶上纵横交错的高架桥、高架路，俨然一座现代化城市。这么好的路况，我真担心以后多多会跑来这里飙车。

一位养松鼠的大咖看到我给多多建的新家后，感慨地说："这是迄今为止我看到的最豪华的松鼠大宅。"这位大咖的评价让我感到十分自豪，但也让我有了一丝隐忧，我在想：万一将来国家开征松鼠豪宅税怎么办？哈哈！

第一次洗澡

据我了解,动物清洁身体主要有两种方式:一种是湿洗,顾名思义就是用水洗;另一种是干洗,那就是用沙土等其他东西洗。

一开始,我并不知道松鼠用哪一种洗法,只是想当然地认为她应该是湿洗的。所以,每次看到多多烦躁不安,有种想洗澡的意思,我都会端上一小盆水给她,谁知道多多每次看完都是扭头就走。

这样几次以后,我突然想:多多会不会是属于干洗的那一类呢?

于是,我赶紧找来了细沙,洗净晾干后,试着给多多端了过去。没想到多多一看见便喜出望外,还没等我把沙盆摆好就急匆匆地一头扎了进去。她在沙子里急切地翻来滚去,使劲地用自己的身体去摩擦沙子,拼命地往沙子里

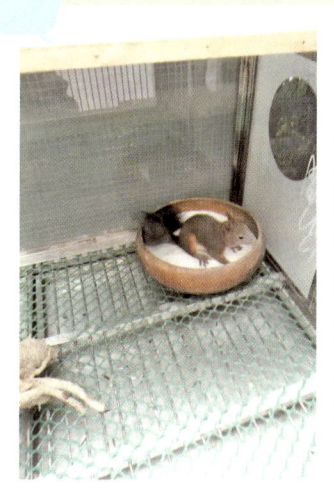

钻,恨不得把自己变成一只能遁地的穿山甲。

此时的松鼠笼里黄沙滚滚、尘土飞扬,那场面根本不像是在洗澡,更像是在进行着一场鏖战。这热烈的场面让我十分惊讶!我在想,原来洗澡对动物如此地重要,原来洗澡可以给它们带来这般的快乐。

多多的洗澡还在继续着,此时,她已完全沉浸在洗澡给她带来的无尽快乐之中,她也完全忘记了自己的形象,更无暇顾及旁边还有我在围观,她竟在光天化日之下上演了一场真鼠秀。哈哈!她怎么可以这样?

新伙伴

尽管多多已有了新家,尽管多多现在的生活悠闲惬意,尽管我每天都会花很多时间来陪伴她,尽管多多还有博美犬妹妹和萨摩耶犬Kiki这样的好朋友相伴,但这仍然难以替代多多对与同类交往的渴望,为此,多多经常会表现出一种孤独感与失落感。

为了消除多多的烦恼,让她能快乐起来,我决定为多多寻找同类伙伴。

一番海选之后,我从一个松鼠养殖场为多多找到了一对非常可爱的小伙伴。这对小伙伴年龄和多多相仿,与多多同科不同种,他们的名字叫——雪地松鼠。

雪地松鼠是一种生活在高寒地区的动物,据说在我国仅在新疆地区有。雪地松鼠毛色亮丽、体态优美、气质高雅,而最让人不可思议的是他们的毛色会随着季节的变化

而改变。

  高寒地区的冬季，千里冰封，到处白雪皑皑，为了与周围的环境融为一体，形成一种保护色，雪地松鼠的毛发会随着周围环境的变化而褪成灰白色；而到了春夏季，万物复苏，到处郁郁葱葱，他们的毛发又会及时变换成耀眼的金黄色，仿佛是要给这万紫千红的大地再添一抹亮色。

  此时的雪地松鼠，身披一袭耀眼的金黄色毛发，头顶着两缕高高耸立的耳毛，再有那又粗又长、不断在空中挥舞的大尾巴，这让他们的美态达到了无以复加的程度。

  雪地松鼠是我看到的最美的松鼠！

起名字真难!

当过父母的人恐怕都有体会,有了孩子以后,给孩子起名字往往会成为父母左右为难的事情。名字起不好,会成为别人的笑柄,人家会笑你会生孩子不会起名字。

因为有了这一层顾虑,两只小雪地松鼠到家以后,给他们起什么名字让我十分犯愁。

在几番冥思苦想仍不得要领以后,我只好把起名字的要求降到最低标准,从最初的既要好听,又要有文采,还要有内涵,最后降到只求能分清性别就好了。

这样一来,事情就简单多了。最后,我给那只小男生取名聪聪,给那只小女生取名雯雯。

没想到这两个名字他们似乎都很喜欢,我还没叫上几天,他们好像都记住了。之后,每次我叫他们的名字,他们就会屁颠屁颠地向我跑来。但大家千万别误会,以为这世界上真有这么善解人意、知书达礼的松鼠，他们之所以这么听话，是因为每次叫他们的时候，我的手上都不是空的，总会拿着一些他们喜欢的东西，你说有东西吃他们能不听话吗？换作是你，你也听话。哈哈！

就这样，一件本来十分棘手的事情被轻松地解决了，正应了那句老话：天下无难事，只怕有心人。

聪聪和雯雯

　　聪聪和雯雯来自同一个松鼠养殖场,但他们俩的关系到底是什么?是一母所生?是同父异母或是同母异父?是近亲是远亲?还是情急之下的拉郎配?无从考究。

　　从外形和气质来看,聪聪就是个活脱脱的高富帅。他长相俊朗、气质高贵、举止大方,眉宇间自带一股英气,这让我打心里坚信,他的祖上一定是个名门望族。

　　雯雯倒是个另类,她虽长得眉清目秀、外表文静,天生一副讨人喜欢的甜美样子,但她的性格与外表却完全是风马牛不相及的。她性格活泼好动、大胆泼辣,一切都由着自己的性子来,属于为朋友两肋插刀,一言不合就开杠的那种,一看就知道日后一定是一个敢爱敢恨的角色。

　　聪聪和雯雯的到来,让多多喜出望外,他们很快就打得火热。尤其是多多和雯雯,她们俩时而追逐打闹,互相梳理毛发，时而又咬着耳朵说悄悄话，像一对两小无猜的姐妹。一时间，松鼠笼里欢声笑语、热闹非凡。

而此时，我倒变成多余的了，好像这松鼠笼里再没我什么事了。这让我顿感失落，我不由得在心里想：他们怎么可以这样？他们这不是喜新厌旧、过河拆桥吗？他们这样做松鼠是不是太不厚道了？

唉！女孩子！

多多和雯雯虽同为女孩子，年龄也差不多，但性格却迥然不同。

多多看起来更传统些，她厚道、朴实、善解人意、凡事忍让；雯雯则非常新潮，她任性、张扬、得理不饶人，有时候不得理也不饶人。性格上的差异，使她们俩在一起的时候时常会为一些小事情争得面红耳赤，甚至发生一些擦枪走火的事情。

每一次的冲突几乎都是雯雯挑起的，雯雯要不就是偷了多多的零食，要不就是抢了多多的什么小玩意，要不就是在多多睡觉的时候捉弄她。雯雯还经常嘲笑多多身上的毛发黑不溜秋的，一点都不好看，说将来很难让聪聪喜欢。

面对雯雯的胡闹，多多常常是忍气吞声、息事宁人，

但这无形中更助长了雯雯的刁蛮和任性。

当然了,也会有例外,有时候雯雯实在太过分,触碰到多多的底线,多多也会不痛不痒、象征性地回敬几下。

好在她们之间大打出手是没有的,无非就是女孩子那些掐呀、拧呀、拽头发呀、彼此不说话之类的。但每一次争吵过后,不一会儿,她们又会在一起追逐打闹,交流一点内心的小秘密,或说一些不怎么好笑的笑话,好像什么事情也没发生过。

唉!女孩子都这样。

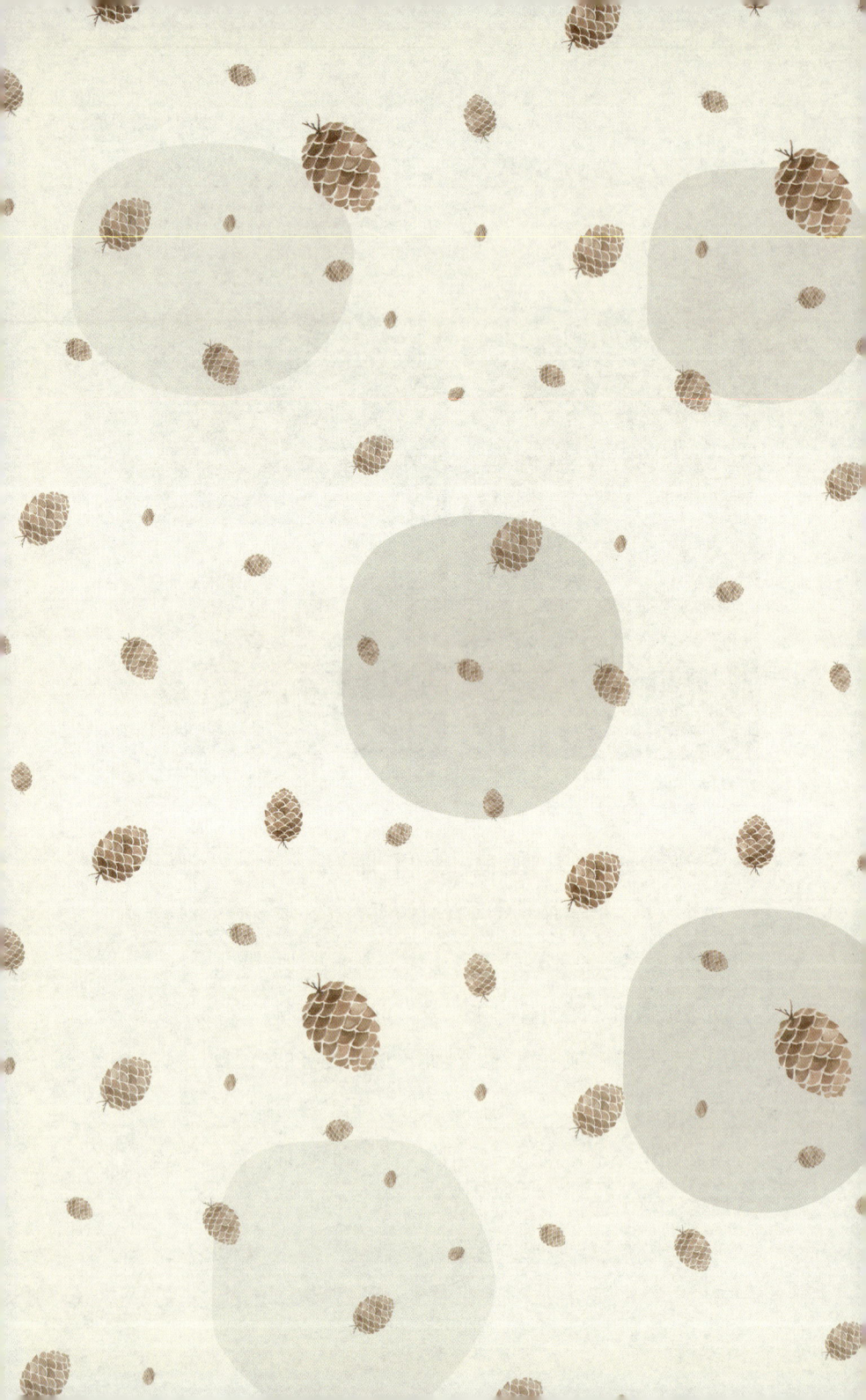

第二章 二月里来

观 鱼

家的院子里,紧挨着茶亭的边上,有一个不小的鱼池,池的长宽是3.5米×2.5米,池深是1.5米。鱼池里养了一群体形硕大的锦鲤,这个鱼池成了我和客人在茶亭里喝茶时一道赏心悦目的风景。

鱼池与家的地下室仅有一墙之隔。在建鱼池的时候,

我把鱼池与地下室中间的墙拆除，换成了钢化玻璃，这样从地下室透过玻璃一眼望去，就可以看到整个鱼池的全景，仿佛是到了动物园的水族馆。

听说观鱼可以养心，因此，没事的时候我会经常跑到地下室去观鱼、养心。

很多时候去地下室观鱼，我都会带上多多，久而久之，多多也熟悉了这个地方，并喜欢上了这些鱼儿，当然了，多多是不知道什么叫养心的。

多多每次跟我到这里观鱼，都会表现得十分兴奋和活跃，看着那些大大小小、色彩斑斓的鱼儿在头顶上自由自在地游来游去，她好生羡慕，拼命想去接近它们，想成为它们中的一员，无奈中间隔着一层玻璃。

面对这些在头顶上翩翩起舞的鱼儿，多多常常会陷入沉思，她好像在问自己：没有树，它们怎么可以爬得那么高？

多多与沉思罗汉

我的家有一个宽大的地下室，说是地下室，其实是建筑物的第二层，因此，依然有一定的通风采光条件。

地下室是我另一个喝茶的地方，这里最大的优点是冬暖夏凉，不受外界的影响，特别是当外面刮风下雨的时候，坐在这里喝茶，真有种"不管风吹浪打，胜似闲庭信步"的自在感觉。

地下室喝茶的地方，摆放着一件佛山陶塑艺术品，作品名叫《沉思罗汉》。

佛山陶塑俗称"佛山公仔"，是国家级非物质文化遗产保护项目。佛山陶塑历史悠久、影响深远，更以其大拙大雅、形神兼备的艺术特色而备受世人的喜爱。

因为觉得这件《沉思罗汉》单独摆放在那里画面不够丰富，我就别出心裁地在他的旁边摆放了一张小木几，木

第二章 二月里来 051

几上再摆放了一杯一壶，顿觉画面丰富和有情趣了许多。

多多也很喜欢这件《沉思罗汉》，每次和我在这里喝茶，总要跑去会会这沉思罗汉。多多也许是觉得，这罗汉天天坐在这里，一动不动，一言不发，一副心事重重的样子，该是遇到多难的事啊！

又或许是出于同情心，多多每次来到这里都会变着法子逗这罗汉开心，谁想这罗汉就是不为所动，依旧耷拉着脑袋，一副沉默是金的样子，完全不理会多多的好意。

那一次，多多真的生气了，她觉得这罗汉太不近人情了，总是拒人于千里之外，一气之下，她从罗汉的头上跳了过去。谁想那罗汉竟然连眉头都没皱一下，依然纹丝不动坐在那里，口里仍在念着他的：菩提本无树，明镜亦非台……好像什么事也没有发生。

可怜另一边，我的那张小木几连同茶壶、茶杯却被多多打翻在地，算是碎碎（岁岁）平安了！

该死的多多！

多多与老渔翁

要是能把那老渔翁赶跑就好了。

地下室的高几上,还摆放着另一件佛山陶塑,作品名叫《老渔翁》。

渔翁是家居摆设普遍喜欢的题材,因为它含有渔人得利、年年有余等吉祥的寓意。我是个喜欢标新立异的人,总觉得这个题材太普通、太常见了,于是我又开始瞎琢磨了。经过一番思考以后,我请作者帮做了一条样子十分特别的鱼,又自制了一根钓竿,再把老渔翁和鱼连接起来,然后把这件作品改名为《放长线钓大鱼》,经此一改,这件作品就有了一番全新的意趣。

多多与老渔翁和这条怪鱼早就混得很熟了,这里几乎成了多多的打卡地,每次到地下室,她都必到这里来。但每次到了这里,多多都会径直去找那条鱼,而很少去搭理老渔翁。在多多看来,这老渔翁太自私、太俗气,整天就想着占鱼的便宜。

多多真正喜欢的是这条鱼,她简直有点崇拜这条鱼了。她觉得这条鱼太了不起了,鱼嘴都被老渔翁的鱼钩扯到脑门上了,依然无所畏惧、誓死抗争,一副要与老渔翁拼个鱼死网破的样子。

多多每次离开这里的时候,都感慨万千,她给自己提了很多的问题,她不断问自己:"那鱼最后能斗得过老渔翁吗?天下真有这么了不起的鱼吗?那老渔翁能不能去干点别的,别整天想着占鱼的便宜?"

唉!善良的多多!

多多与钟馗

地下室的茶几上也摆放了一件名为《钟馗醉酒》的竹根雕。

这件竹根雕造型十分奇特，作者充分利用了竹根的原生形状，精心设计了钟馗醉酒这一脍炙人口的题材。作品中的钟馗被刻画得似醉非醉、似醒非醒；而他脚下那两个在偷酒喝的小鬼也是醉眼蒙眬，虽面目狰狞，却有几分憨态，并不讨人厌。

不知道出于什么样的原因，多多好像不太喜欢这件《钟馗醉酒》，平常也不怎么到这里玩。

那一天，多多偶然路过这里，正想快步走过去，突然，一股酸奶味把她吸引住了。酸奶可是多多的心头好。多多仔细辨认了一下，发现酸奶味正是从钟馗那里飘过来的。

虽然多多平时不太喜欢这件《钟馗醉酒》，但此时面对酸奶的强大诱惑，她有点迈不动步了，只见她略微迟疑了一下，便开始慢慢向那钟馗走去。

　　眼看酸奶越来越近，那酸奶的味道也越来越强烈了，多多终于有点把持不住自己，她突然加快了脚步，冲向那钟馗。她顾不上钟馗正怒目圆睁盯着自己，双手紧紧地捧着钟馗手上的饭钵，贪婪地吃了起来，不一会儿工夫就把饭钵里的酸奶舔了个精光。

多多对今天的意外收获十分满意,她心里想:别看这钟馗样子凶巴巴的,倒是个面恶心善之人,他还知道我喜欢吃酸奶。多多又转念一想,钟馗是怎么知道我喜欢吃酸奶的呢?

带着这个疑问,多多心满意足地走了,但她做梦也不会想到,这是我精心为她设的一个局。

聪聪当家（二则）

一

聪聪自从被我人为撮合与多多和雯雯组成一个家庭以后，就理所当然成了这个三口之家的当家人。

一开始，我十分担心这种毫无感情基础，且又是不同品种的三只松鼠在一起过日子，会有很多问题。但我万万没有想到，聪聪竟然有超水准的发挥，把这家当得有板有眼、波澜不惊，不但让我无话可说，就连多多和一向爱挑刺的雯雯都心悦诚服。这引起了我极大的兴趣。

在经过一番认真观察以后，我发现聪聪在几个关键问题上都做得无可挑剔，表现得十分出色，归纳起来有以下几点。

第一，不争食。俗话说"人为财死，鸟为食亡"，讲的就是食物对于动物的重要性。在自然环境中,争食是动物之间一个十分普遍的现象。可以说,动物界发生的绝大多数打斗,都是为了争夺食物。就连我们人类这样的高等动物,不是也讲"民以食为天"吗?

但奇怪的是,聪聪就是个例外。在松鼠笼里,每次到了开饭的时间,争先恐后、吵吵嚷嚷的总是多多和雯雯。她们还经常为了一块自己喜欢的食物争得面红耳赤,互不

相让。而聪聪就不同了，他总是不慌不忙，耐心等到多多和雯雯吃得差不多了，才慢条斯理地开始进食，好像吃对他并不重要似的。

我有点百思不得其解，我在想，聪聪这样做到底是出于什么缘故？是谦让？还是他早已洞悉在这松鼠笼里根本就不缺食物？但不管是什么缘故，聪聪这样做，无形中让他在这个家有了一家之主的高大形象。

第二，不花心。聪聪和雯雯来自同一个养殖场，同为雪地松鼠。由于物种的原因，雯雯毛色靓丽、体态优美、活泼可爱，这让我十分担心日后聪聪对多多和雯雯会厚此薄彼，不能一碗水端平。

但出乎我意料的是，聪聪显然没有我们人类那么花心，他对多多和雯雯一视同仁、不偏不倚，好像他也懂得家和万事兴的道理。这让多多倍感温馨，自然对聪聪就更加关心体贴、言听计从了。

聪聪的举动让我大跌眼镜，我常常问自己：聪聪到底是"色盲"，还是他真把自己修炼成了一只"圣鼠"？

第三，不藏私房钱。（这里我把松鼠藏匿食物的行为比作人类藏私房钱。）藏私房钱几乎是全世界男人的通病，我想动物界的男人恐怕也半斤八两。但在这个问题上，聪聪再一次用行动刷新了我的认知。

聪聪对我提供给他们的食物从来不挑肥拣瘦。他有啥吃啥，填饱肚子就算，也从来不藏着掖着，一副大丈夫不行那苟且之事的样子。而多多和雯雯就不同了，她们乐此不疲，见到什么好吃的，就第一时间拿去藏起来，过后才自己慢慢享用。

面对聪聪这一系列令人匪夷所思的表现，我有点无语，我无法相信一只松鼠面对这些连我们人类都摆不平的事情，竟表现得如此从容淡定，如此出类拔萃，而这一切，聪聪是怎么做到的？

说实话，要不是语言不通，我真该请聪聪来给我们人类的男人上上家政课，讲讲他是咋想的。哈哈！

二

前面讲了聪聪的许多优点，这些优点着实让我对他高看一眼。但金无足赤、人无完人，鼠也无完鼠，在聪聪的身上也存在一些可能他自己都意识不到的缺点。

比如，大男子主义。平日里，聪聪在家里几乎什么家务事都不做，是个十足的大男子主义者。

几天前，天气突然转冷，多多和雯雯都忙着给窝里添置保暖材料，忙得不可开交，但聪聪竟然连个影子都不见。雯雯是个直性子，哪里忍得住，就大声吆喝了几声，这才看到聪聪老大不情愿地走了过来，但来了也是出工不出力。

看到聪聪这个样子，雯雯忍不住嘀咕了他几句，谁知道聪聪不乐意了，竟赌气跑回窝里睡大觉去了，嘴里还嘟嘟囔囔地说道："搭窝这档子事，哪里是我们松鼠大老爷们干的。"此话一出，就把雯雯气得两眼冒火、七窍生烟。

聪聪的另一个毛病是不拘小节。

聪聪有一个坏习惯，让多多和雯雯十分反感但又无可

奈何。聪聪睡觉特别不安分，喜欢睡到半夜就掉个头睡，这样一来，就把一双臭脚放到了多多和雯雯面前，这谁受得了啊！要知道，聪聪这双脚可是打出生以来就没正经洗过。

多多和雯雯最反感聪聪的就是这一点，但每一次说他，他都置若罔闻，该怎么样还怎么样，就好像多多和雯雯活该闻他的臭脚似的。

见聪聪这么不讲理，多多和雯雯也只好自认倒霉、忍气吞声。以后每逢聪聪把臭脚伸过来，她们只好捂着鼻子，把头扭到一边去。

多多说了：那还能怎样？总不能为这点事和他离婚吧！

注：其实聪聪不做家务、不参加搭窝与雄鼠的生活习性有关，而与他的什么大男子主义无关，后面章节会有叙述。

龟趣（六则）

一

家的鱼池里除了锦鲤，我还养了一只足有两三斤重的乌龟，但时至今日，我还没有认真去核实这只龟的确切国别和身份。

买这只龟，完全是临时起意。

那一天，我在龟市场不经意地走着，突然，看到不远处一个龟箱里有一只龟伸长了脖子好像在注视着我，我不禁停下脚步回看了它一眼。只见这龟身材匀称，纹理清晰漂亮，表情健康阳光。我觉得这可能是一种缘分吧，一高兴就把它带了回来。回家以后，我试着把龟放到了鱼池里。

一开始，我对这只龟放到鱼池里能否与鱼儿们和睦相处心存疑虑，既担心龟会把鱼当成了自己的猎物，又担心

鱼儿们会集体围攻这龟。我小心翼翼把龟放进鱼池里。只见鱼儿们先是一阵惊慌和躁动，它们四处逃窜，把鱼池搅起了一阵阵涟漪，鱼池里顿时秩序大乱。待看到这龟好像没有进一步的举动，鱼儿们又重新聚集在一起，像是要抱团取暖，或许是觉得鱼多力量大吧！

　　一阵观望和等待之后，见那龟好像没有什么不良企图，鱼儿们开始放松了警惕，它们从更近距离对龟进行观察。只见这龟和颜悦色、举止稳重、目无邪念，怎么看都不像只坏龟，鱼儿们释怀了。

　　不久，龟就和鱼儿们打成了一片。

二

观鱼，是一种十分奇妙的感觉，但如果你有机会观看龟在水中的动静，那一定会让你神往。

龟在水中漫游的时候，动作十分优雅、舒展、飘逸，像一位傍晚在林中漫步的绅士，慢条斯理、气定神闲、风度翩翩。

龟在水底俯身行走的时候，那踱着四方步、从容不迫、波澜不惊的样子，又像一个身经百战、运筹帷幄、决胜千里的将军。

而当龟在水底低头觅食的时候，我仿佛看到的是一个熟悉的画面：那是一头饱经风霜、历尽磨难、宠辱不惊的老牛在草地上悠闲地吃草。在老牛的身上，我们已看不到生命的辉煌与昔日的荣耀，但在它的眼神里，分明可以看到一弯风雨洗礼后的彩虹。

龟真的是一种神奇的动物，难怪它被中国人崇尚了几千年。

三

直到最近，我才知道我们家这只龟是只母龟。呵！原来是个龟女儿。

再说，这龟女儿一直生活在鱼池里，终日与鱼为伍，日子虽是过得清闲、舒适、无忧无虑，也再没有了被人类拿去炖来补身子之虞。但她与那些鱼儿毕竟不是同类，语言也不通，平日里有什么事情也只能意会不可言传，这日子长了也难免寂寞难耐。有感于此，我决定给她找个男朋友。

龟市场就坐落在花鸟市场的一角，虽略显偏僻，却还算是热闹。尤其到了周末，就变得熙熙攘攘、人头攒动。就连那些年轻的父母，也会在这个时候带着自己的孩子到这里凑热闹、长见识。

我觉得，这里的热闹与这几年养龟人的骤然增多有直接的关系。真是风水轮流转，谁又会想到，这些其貌不扬，行动笨拙，曾经在龟兔赛跑中利用兔子的轻敌而侥幸获胜的乌龟，有朝一日会成为城里人的新宠。

两次到龟市场，我终于相中了一只身材健硕、相貌出众、身披一身亮眼黄金甲的巴西龟。再细看之下，我发现这龟长得膀大腰圆、浓眉大眼、天庭饱满、鼻挺口方，正是我们中国人喜欢的那种男儿相。

把龟买下后，我的心情大好。心里想：今天是什么好日子，竟然被我觅得一只金龟婿，且还是个洋女婿。哈哈哈！

四

回家以后，我没顾得上休息，就急不可待地把金龟婿放到鱼池里。但没想到，接下来发生的事情却让我大失所望。

那天到家后，我依照之前的做法，依然把金龟婿放到鱼池里，谁想，他竟然是一副惊恐万分的样子。他用一只手颤颤巍巍地扶着池边，一只脚死死地蹬着鱼池的一根水管，死活不肯下到水中，那样子十分的狼狈，也十分的滑稽可笑。

这时候，鱼池里的鱼儿们都拥过来看热闹，他们交头接耳，议论纷纷。但任由你怎么说，这金龟婿就是不肯撒手，好像一撒手就会被淹死似的，这引来了鱼儿们的阵阵讪笑。

金龟婿的表现让我实在看不下去了，

我都觉得没面子。于是，我走过去轻轻地推了他一把，谁知道他竟晃晃悠悠地沉了下去。

一开始，我并没觉得这有什么大不了的，难道活人还能被尿憋死？可我错了，我做梦都没有想到，我会买到一只不会游泳的水龟。

五

金龟婿终于沉到了水底。

想着等一会儿金龟婿在水里憋不住了，自然就会自己游上来，我就放心出去吃饭了。

在去吃饭的路上，我心里突然冒出一个不祥的念头：这金龟婿会不会真的不会游泳啊？

有了这样的想法，我连吃饭都不踏实，赶紧随意吃了点东西就匆匆往回赶。

进了家门，我赶紧往鱼池里一看，心里顿时凉了半截，只见那金龟婿已四脚朝天躺在水底，四肢僵硬地伸出体外一动不动，经验告诉我：凶多吉少。

我赶紧用网兜把金龟婿捞了上来，但他依然一动不动，似乎已完全没有了生命的迹象。

怎么办？能不能救？怎么救？我相信这些问题没有人

能给我答案,你说这天底下还有谁见过乌龟王八溺水这样奇葩的事情?

此时的我,只好死马当活马医了。我抓住金龟婿的后腿把他倒提了起来,只见从他的口鼻里流出了许多水。接着我又把从电视上看到的那些救人的招数轮番在他的身上试了一遍,我就差没给他做人工呼吸了。没想到,金龟婿竟然动了一下,这燃起了我的一线希望。

六

金龟婿竟奇迹般地活了过来,可我却被吓出了一身的冷汗。那一天,我再也没敢把金龟婿放进鱼池里,我必须搞清楚,这么离奇的事情,为什么会发生在他的身上?

根据我后来的分析,这金龟婿应该是一只自小就生活在养殖场的商品龟，可能是由于养殖场的条件所限，他长期都没有在深水游泳的机会，长此以往，他的游泳和潜水的能力已退化殆尽，现在突然到了这池大水深的鱼池里，结果就可想而知了。

基于这一分析，我给金龟婿制定了一个恢复性的训练计划。我开始把金龟婿反复放入水中，时间由短到长，循序渐进。几天下来，金龟婿的游泳技术果然大有长进，他慢慢恢复了一只水龟应有的本色。

一个星期过去了，金龟婿已自信多了，他已可以在鱼儿们的簇拥下在水中漫游了，鱼儿们也好像早已忘记了他当初那狼狈的模样。

但令人遗憾的是，我们家那龟女儿，自从目睹了金龟婿那令人难堪的一幕以后，就再也不愿面对他了。

我那龟女儿说了：这样的男人谁要谁拿去，反正我不要。

呵呵！呵呵！

入冬前的那场游戏

　　松鼠有藏匿食物的习性，这应该是他们为了生存，在长期与大自然的搏斗中形成的。尤其是每年冬季即将来临之际，这种藏匿行为几乎成了他们生活中的头等大事。我留意到，松鼠的藏匿行为在不同的季节有不同的特点。在春夏季，他们获得食物一般会先吃为快，吃够了才拿去藏；但到了秋冬季，他们拿到食物一般会第一时间拿去藏起来，藏够了才回头慢慢享用。可见，松鼠们做事也是很有章法、很有谋略的。

　　最近，随着天气慢慢转冷，松鼠们已明显加快了他们藏匿食物的步伐。他们像一群搬运工，一个个都卖力地衔着食物在笼子里快步如飞，那卖力的样子，就好像他们也是拿计件工资似的。

　　我还注意到一个特别有趣的现象，他们在忙着藏匿自己的食物的同时，还会十分留意观察别的松鼠把食物藏在哪里，过后，只要是觉得有机可乘，就会毫不犹豫地把别人的食物"顺"走。

更奇怪的是，松鼠的这种小偷小摸行为并不是个别品行不端的松鼠的行为，而是一种非常普遍的现象，他们几乎是全民皆偷，说他们是十只松鼠九只偷，还有一只在偷的路上也一点不过分。

有感于此，每次看到他们在笼子里偷偷摸摸、神神秘秘地藏啊、偷啊，我都忍不住想笑！我在想：他们这不是自欺欺人吗？这种挖空心思的藏匿行为，到头来不过是一场击鼓传花式的游戏。

变　故

　　一夜骤冷，给我们这座南方城市带来了迟到的冬意，也给这里的市民带来了破冬的欣喜。可未曾想到，这突如其来的寒流，却给一向温馨和睦的松鼠一家带来了一场意想不到的变故。

　　这一天的下午，一向温文尔雅、彬彬有礼的聪聪突然一反常态，强行占领了多多和雯雯居住的窝，且态度非常强硬。这突如其来的举动，让多多和雯雯措手不及，一时不知如何是好。

　　这里给大家介绍一点松鼠的生活习性。

　　在自然条件下，雄性松鼠和雌性松鼠平常是不住在一起的，他们只有到了交配期、繁殖期才会生活在一起。雌性松鼠有较强的领地意识，并且有相对稳定的活动范围和栖息的窝，而且雌性松鼠的领地和居住的窝在非交配期是不欢迎雄性松鼠进入的。

而雄性松鼠平日里像个江湖游侠，他们喜欢浪迹天涯，四海为家，他们栖身的地方，大多是占用鸟类或别的小动物的巢穴，而他们自己是从来不搭窝的。说白了，雄性松鼠就是个彻头彻尾、一无所有的流浪汉。

聪聪和多多、雯雯在过完交配期以后就分居了，聪聪单独居住，多多和雯雯共住一个窝。由于习性的原因，聪聪的窝平日里根本就不维护、不保养，搞得家徒四壁，窝里空空荡荡的。而多多和雯雯的窝则收拾得整整齐齐、窗明几净。天气转冷了，她们的窝里也早已塞满了各种保暖材料，可谓温暖如春。而此时的聪聪既扛不住冷，松鼠笼里又没有别的小动物的巢穴可以给他占用，他只好出此下策，抢占了多多和雯雯的窝。

事情发生以后，松鼠一家陷入了紧张与不安之中。

多多和雯雯几次回窝的努力都被聪聪无情地阻止了，接下来是长时间的僵持与对峙。聪聪堵在刚抢来的窝的门口，多多一直趴在窝的外面不肯离去，雯雯则可怜巴巴地靠在旁边的树干上，显得十分沮丧。

眼看天越来越黑，此时又刮起了大风，我一筹莫展。

为了打破僵局，我试着拿来了一些干草递给多多，没想到懂事的多多立即作出了回应，她接过我递给她的干草开始忙碌起来。她来回跑动，把我递给她的干草带到原来聪聪住的窝里，而此时，雯雯还在一旁生闷气，对我递给她的东西爱理不理。

天真的黑下来了，在多多的努力下，新窝已堆满了干草，多多钻进去了，不久，雯雯也跟着钻了进去。

这时候，因为担心她们的窝还不够暖和，我又给她们递去了一些布条，这一次，雯雯终于有行动了，她伸出头来把布条接了过去。

我终于松了一口气，一场危机就这样暂时化解了。

念 旧

转眼间，松鼠家的那场风波已过去好多天了，松鼠笼里又恢复了往日的平静。

多多依然是整天忙碌着，操持着松鼠笼里的大事小事；雯雯还是那样，蹦蹦跳跳，打打闹闹，那曾经的不愉快在她身上似乎没有留下丝毫的痕迹。

倒是聪聪性情大变，他每天都在窝里睡到很晚才起来，起来后也是打个哈欠、伸个懒腰，再随便捡点多多、雯雯吃剩下的残羹剩饭对付一下，又回窝里睡觉了，而面对眼前两位曾经朝夕相处、情同手足的伴侣，却形同陌路，完全没了感觉。

在这段时间里，真正让人费解的是多多。她似乎还没有从过去一家子亲亲热热、温馨和睦的生活氛围里走出来，还经常跑到聪聪的窝门口，像是想打探聪聪的情况。

她甚至几次冒险把头伸到聪聪的窝里张望，为此，她不知道已经被聪聪凶了多少次，但仍不改初衷。

面对多多这些奇怪的表现，我有时候会问自己：多多为什么会有这些只有高智商动物才会有的行为？多多的行为到底意味着什么？是关心？是取悦？还是念旧？不得而知！但我更愿意相信她是念旧。

话说老祖宗（四则）

一

老祖宗是我们家博美犬妹妹的一个别称。

妹妹自小就任性、乖张、孤傲、唯我独尊，啥事都由着自己的性子来，她的信条就是：走自己的路，让别人说去吧！

随着年龄的增长，她的坏脾气有增无减，越发任性，颐指气使，简直成了家里的太上皇。想着她的年纪大了，我们都不去跟她计较，就连家里那只个头有她十倍大的萨摩耶犬Kiki也都处处让着她，看她的脸色行事。

说起老祖宗这个别称的由来，还要从几年前说起。当时电视台正在热播清代宫斗题材的电视连续剧，我们一家人围坐在那里看电视，妹妹自然也坐在那里。但看着看着，我们都不约而同地觉得妹妹的性格越看越像电视剧里的慈禧太后，于是，我们就开始半开玩笑地把她叫作老祖宗。

说起来，与其他的狗狗相比较，老祖宗的身上确实有太多的与众不同，这些与众不同，成了我们心中一个个挥之不去的谜团，既让我们着迷，又让我们困惑，也让老祖宗的名字从此与她紧密相连、相伴终生。以下是我们总结的老祖宗身上的三大谜团。

二

第一，傲气之谜。

老祖宗的傲气好像是骨子里与生俱来的，她从不跟别的狗狗玩。在老祖宗到我们家之前，我们家已养了一只品种不怎么纯正的博美小公狗。这小公狗虽品种不怎么纯正，但这完全不影响他具有一只好狗应有的品质。他聪明、活泼、性格温和，与我们也相处得很好。但老祖宗来了以后，对人家不理不睬，从不正眼看人家，弄得那只小公狗特别地自卑，终日抬不起头。幸好后来这只小公狗被我一个喜欢他的朋友领去养了，否则，早晚都要得抑郁症。

待到老祖宗长到七八个月大的时候，当时的她娇小玲珑、楚楚动人，一身金色的毛发、靓丽的容貌、高贵的气质，引得附近多少高富帅狗狗，还有那些富二代狗狗都垂涎三尺，都以能博得老祖宗一瞥为荣。

但面对这些追求者，老祖宗从来不为所动，一概嗤之以鼻，一副"皇帝女儿不愁嫁"的样子。

时至今日，老祖宗已走过了生命的第十九个年头，但仍然孑然一身，没有一只男生狗狗能博得她的欢心。

三

第二，霸气之谜。

萨摩耶犬Kiki是在2007年来到我们家的。

当时，Kiki已经八个月大了，长得高大帅气，体重30千克。而当时的老祖宗体重还不足3千克，与Kiki的个头、体重相差悬殊，我们都很担心日后Kiki会欺负老祖宗。

不曾想，几天下来，高下已无悬念，老祖宗不知凭啥祖传秘方或独门绝技，居然征服了Kiki，并当了Kiki的领导。

从此，Kiki的灾难开始了，吃东西要老祖宗先吃，待老祖宗吃完了、吃剩了，Kiki才可以开始吃；玩具也是老祖宗先玩，老祖宗玩腻了，Kiki才能捡来玩，碰到老祖宗心情不好，还会从Kiki的口里把玩具又抢回去；尤其过分的是，到了冬天，老祖宗经常放着自己的窝不睡，却去霸占

Kiki的大床垫，弄得Kiki有床不能睡，大冷天的经常被迫睡光地板。

当然了，偶尔也会看到老祖宗和Kiki一起温馨地睡在Kiki的那张大床垫上，但你千万别误会，以为是老祖宗发了善心。其实，那是因为天气太冷了，老祖宗觉得自己睡不够暖和，才让Kiki来暖被窝的。

天啊！她怎么可以这样，难道她真的把自己当成老祖宗了？

第三，贵气之谜。

老祖宗到我们家以后，就像一个高贵的公主，她深居简出，大门不出、二门不迈，天天宅在家里，好像真的以为每天会有人上门给她请安似的。

她的饮食习惯也完全不像一只狗狗，她不喜欢吃狗粮，反倒是迷上了我们人类的牛奶、酸奶、蛋糕和甜食；她也不喜欢跟猫猫狗狗在一起，倒是愿意整天黏着我们，我们走到哪里，她就跟到哪里，亦步亦趋，好像真的以为自己跟我们是一伙的。说到底，她压根儿就没觉得自己是一只狗狗。

老祖宗因为经常跟我们在一起,也学会了喝茶,并染上了茶瘾,有所不同的是,她只喝我珍藏的老熟普——贡品女儿红,其他茶她一概没兴趣。她还真不傻,这贡品女儿红可是市场上已经绝迹的好茶。

老祖宗还喜欢和我们一起看电视里的动物世界,一起看文艺片,一起泡电视连续剧。每次看到她聚精会神、十分投入的样子,我都在想,也许她真的看懂了,要不,电视连续剧里那老祖宗的东西,她怎么会学得那么像?

面对老祖宗身上这些奇特的个性,我常常在想,她到底是一只什么样的狗狗?她来自何方?她何来的这些傲气、霸气、贵气?难道她前世真的是那些王公贵族的千金小姐、公主、格格,今生来到我们寻常百姓家?

多多的新衣

一转眼,多多到我们家已是第二个年头了。

眼看又要过年了,多多对过年我都没给她做件新衣服的事一直耿耿于怀,她说:"别人家的小猫小狗过年都有新衣服穿,凭什么我们松鼠就没有呢?"她还说:"这件事要往大了说,就是种族歧视。"

其实,这件事哪能怪我呢?宠物商店我都不知道去了多少回了,但至今都没有发现有卖松鼠服装的,你叫我怎么办?

看到多多失望的眼神,我产生了要做一回裁缝的念头。

很快,我找来了一块红色丝绒布,再找来一件小狗衣服做参照物,开始了依样画葫芦。

但到了量身的环节,多多一点都不配合,动个没完。

没办法，我只好找来一个形状与多多身材相仿的地瓜做样板，勉强完成了这个环节。

费了九牛二虎之力，手也不知道被针扎了多少次，衣服终于做好了。穿上新衣服的那天，多多别提有多神气了，她一会儿跑到聪聪、雯雯面前炫耀，一会儿又跑到Kiki和老祖宗面前炫耀；她还跑到老渔翁和那条奇葩鱼面前炫耀。

她还情不自禁地走起了"猫步"，但不管她如何卖力地表演，在我看来，那就是彻头彻尾、如假包换的鼠步。

多多真的很开心，因为，她终于在新年到来之际，穿上了一件自己盼望已久的全手工高端定制的宠物潮服。

王者归来

初春，天气依然是那么寒冷，但春的气息已扑面而来，都说"春江水暖鸭先知"，但我想，此时的松鼠们也一定已感知到春的召唤。

这几天，聪聪已不再整天猫在窝里睡大觉了，他频频走出窝外，像是在迎接又一个春天的到来。经过一个冬天的休养生息，聪聪已完全变了个模样，他变得成熟、帅气、威武、雄壮，眼神里更是透出一种自信与霸气。

他每每站在松鼠笼的高处，环顾四周，甩动着他那根具有标志性意义的大尾巴，用脚使劲地拍打着地面，嘴里发出"笃笃""笃笃"的叫声，好像在宣示他的权威，完全是一副王者归来、君临天下的姿态。

多多和雯雯也明显受到这种气氛的感染，她们的热情也被鼓动起来了。她们兴奋且羞涩地在聪聪的周围跑来跑去，一副久别重逢的样子。但此时的她们，已不敢像之前那样和聪聪无所顾忌地嬉戏打闹了。因为，眼前的聪聪已然不是她们青梅竹马的那个小哥哥了。

二月里来

> 这是我们的初恋，矫情一点！矜持一点！怎么啦？

春天，是万物复苏的季节，也是动物们浪漫的季节。经过一个冬季漫长的等待，松鼠们终于迎来了他们的繁殖期。

都说是女大十八变，此话一点不假。经过一个秋冬的岁月浸润，多多和雯雯已完全变了个模样，不再是之前的黄毛丫头了。她们像两个情窦初开的少女，对青春、对生命充满着渴望与期待。她们每天都早早就起来，精心地装扮着自己，把身上的毛发也梳理得纹丝不乱。

聪聪明显已被多多和雯雯惊艳到了，他跃跃欲试，尝试着要去亲近她们。但每到此时，多多和雯雯又会做出欲迎还拒、故作矜持的姿态，让聪聪感到十分失望和无奈。

面对聪聪的攻势，多多和雯雯还搬出人类那些老掉牙的托辞来，一会儿说："还没想好。"一会儿说："条件

还不成熟。"一会儿又说："还没跟父母商量。"真是让人笑掉大牙，我原以为这些事情，只有我们人类才会这般矫情、故弄玄虚，没想到松鼠也这样。哈哈哈！

其实，这些托辞都是我编的，所谓的矫情、矜持也是我开的一个玩笑。真实的情况是，在繁殖期，雌性松鼠进入状态要比雄性松鼠慢些。

再说了，这毕竟是多多和雯雯的初恋，矫情一点！矜持一点！怎么啦？

三月的狂欢

记得有一首歌,歌名叫《三月里的小雨》。歌词大意是:三月里的小雨,淅淅沥沥下个不停。山谷里的小溪,哗啦哗啦流个不停。小雨你为谁飘?小溪你为谁流?歌曲表达了三月里那弥漫在空气中略带惆怅、伤感、凄美的情愫。

而此时我家的松鼠笼里,却完全是另一番景象。

南方的三月,寒气消退、气温攀升,自然界的花草树木都竞相露出了它们的俏模样,聪聪和多多、雯雯也变得异常兴奋。他们整日在松鼠笼里互相追逐、嬉戏、喧闹,把整座松鼠笼搅得热闹非凡,此时的松鼠笼里犹如在进行着一场盛大的节日狂欢。

聪聪的英武、帅气、强悍,终于征服了多多和雯雯,她们不再矜持、不再犹豫,都情不自禁地踏入了聪聪主导

的快乐时光。

多多和雯雯再没提她们爹妈的事情；之前的矜持、羞涩和扭捏作态成了这场狂欢的前戏；而昨日精心编造的那些托辞也早就成了尘封的记忆。

此时此刻，松鼠们都在尽情地享受着春天、大地赋予每个生命的神圣权利！

期　待

　　进入五六月，松鼠笼里已较之前消停了许多，前段时间那种追逐打闹、卿卿我我的热闹场面已不复存在，松鼠们似乎又重新回到那柴米油盐的平静生活。

　　这段时间，雯雯已不再像个得了多动症的孩子一样整天闹个不停，她的胃口大增，身形也明显比之前丰腴了许多。

　　多多比雯雯更夸张，她的胃口好得出奇，从早到晚吃个不停，更离谱的是，经常到了晚上十点多钟还吵着要吃宵夜，边吃宵夜还边嚷着："吃宵夜怎么可以没有啤酒呢？"

　　这种狂吃暴饮终于摧毁了她们的身材，她们的腰身好像都被吹了气似的，再也找不回之前的窈窕与婀娜。

　　这段时间多多和雯雯还有一个明显的变化，她们每天除了吃东西就是睡觉打盹，好像这世界上除了这两件事情，已经没有什么可以让她们感兴趣的了。

看到多多和雯雯的这些变化，我不禁心中暗自欢喜，我在想：她们是不是有"BB"了？

产房！产房！

看着多多和雯雯的变化，我在心里暗自认定她们俩一定是怀"BB"了。

现在的松鼠笼里那幢带有阳台的木制三层小洋楼，原计划是给她们做卧室的，当然，也是她们日后生"BB"的产房。

谁知道，我的计划还是赶不上她们的变化。多多和雯雯可能是对我这个安排不满意，竟然未经我的允许就擅自把这幢小楼的使用功能改成了储藏室，一有好吃的东西就往那里搬。也许在她们的心目中，吃才是天底下最重要的事。可现在她们要生"BB"了，没有产房怎么办？

我又赶紧跑到宠物用品市场，但怎么也找不到我认为合适的松鼠产房。我转而打起了小区附近一个木工小作坊的主意，谁想到那师傅一看我画的图纸，当即回了我一句："不会做！"

其实，我分析那木工师傅不是不会做，分明是嫌麻烦。

但这事已迫在眉睫，怎么办？难道在被迫做了一回裁缝以后，我又要做木匠了？

说干就干，我赶紧量尺寸、出设计图，接着买来了木板、木方；还买了一把电锯，开始了我平生的第一次木匠活。

一番紧张的折腾之后，两间产房终于做好了。

多多和雯雯刚看到两个新房子的时候，一脸的疑惑，以为又有新伙伴要来了，待到她们弄清楚那房子是做给她们的，竟毫不客气地各占了一间。

聪聪知道了也想进去看看，却遭到多多和雯雯的拒绝，搞得聪聪很不开心。聪聪嘴里念叨："哼！到了坐月子的时候，还不是要让我进去。"

在我做木匠的这两天，邻居见我又是锤子又是电锯的，还搞得满头木屑，都觉得很奇怪，还以为是我们家在搞装修。有好事的邻居跑来看个究竟，见到我给多多和雯雯做的产房，都以为我原来就是个木匠。

哈哈！看来，我还要感谢多多和雯雯，是她们挖掘了我的木匠天分！

都市童话　被带偏的日子

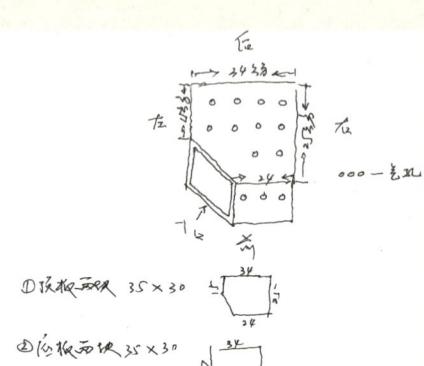

疑似怀了"BB"之后

多多和雯雯自从被我认定是怀了"BB"以后，就住进了我给她们新做的产房里，我还提前给她们放了产假，家务事也不用做了，基本上都由我和聪聪包揽了。

现在她们俩是好吃好住、养尊处优，享受的是VIP的尊贵服务，吃的是我特别为她们准备的营养餐，我就差没给她们请月嫂了。

但这种舒适的日子没过上几天，雯雯就感觉有点受不了了。她觉得这种吃了睡、睡了吃的日子远没有之前那种蹦蹦跳跳、打打闹闹、自由自在的生活来得快活和尽兴。没几天，她就自己把生活重新调回到原来的频道，当她的快活神仙去了。其实，我猜她根本就没有怀"BB"。

多多则入戏挺深的，她性情大变，讲究的东西也多了起来，吃什么都要讲究营养成分。她一天到晚吵着问我要

吃要喝，一会儿说要吃苹果，说苹果维生素丰富；一会儿说要吃胡萝卜，说胡萝卜素对肝脏好；一会儿又吵着要吃核桃，说核桃富含蛋白质，对大脑发育好；她还说：这个时候要能吃到家乡的松子就帅呆了。你说，她这不明摆着问我要松子嘛？！

时间过得真快，转眼间多多的预产期已过去好几天了，我心里十分着急，再看看多多却毫无动静，完全没有要当妈的样子。

那天，我实在按捺不住了，小心翼翼地向她探了一下口风。谁想她支支吾吾，顾左右而言他。我着急了，在我的追问之下，她竟做出一个十分怪异的表情，我的心顿时凉了半截，我在想：难道她也没有怀"BB"？

就这样，一场由我一手导演的假怀"BB"闹剧草草收场了，我们又重归各自的角色。雯雯还玩她的，多多也不再装了，我的心情也逐渐平复了。但令人气愤的是，自那以后，多多和雯雯就再也不肯从那产房里搬出来了。

> 我是嘴馋了一点，可我从来没有说过我有"BB"啊！

注：曾经在一些资料上看到这样的说法，松鼠有一种特别的本领，雌性松鼠在交配以后，可以将精子储存于体内，待到认为条件合适了才选择受孕。换言之，假如雌性松鼠认为条件不合适，她也可以选择不受孕，这下我知道多多和雯雯为什么"光打雷不下雨"了。

第三章

第三个中秋节

一物降一物（七则）

一

家的院子里有一口石头大缸，原来是养金鱼的，后来因为这些金鱼经常受到小区里的流浪猫袭击，我才决定把这口大缸改为种睡莲。

我到花鸟市场选了几种颜色的睡莲，有白色，有黄色，还有粉红色。想着到了夏天，就可以观赏到一缸娇且艳的睡莲，顿觉心情大好。

睡莲种下没几天，忽然发现水里多了许多小生命，细看之下，原来是孑孓。

对孑孓我可不陌生，小时候因为调皮，也因为那时玩无可玩，我就经常抓孑孓来玩。我用一个玻璃杯子盛满清水，然后将抓到的孑孓放到杯中看它们的精彩表演。

孑孓小的时候，身体细细长长的。待到它们快变成成虫的时候，母孑孓身形变得像个感叹号，而公孑孓却像一个大逗号。孑孓在水中不会像鱼那样游动，它们是靠一连串的跟斗来完成移动的，所以它们还有一个别称叫跟斗虫。而且它们移动的路线基本上是向上或向下。当它们觉得安全的时候，它们会浮出水面；而当它们觉得有危险的时候，又会潜到水底躲避。

掌握了孑孓的这些特点以后，我会等玻璃杯中那些孑孓浮到水面的时候故意惊扰它们，然后看着它们翻跟斗到水底；待到它们重新浮出水面的时候，又再次惊扰它们。我就这样反反复复，直到把它们玩得头昏眼花、精疲力尽，分不清水底水面，整个身子歪歪斜斜悬在水中，我才心满意足地把它们放了。

二

　　说实话，如果不是因为孑孓长大以后会变成蚊子，它们在我的心中还是挺有喜感的。但一想到这些小孑孓日后变成成群结队的蚊子缠绕在我的身旁嗡嗡作响，身上还被它们咬出一个个红红的小疙瘩，我又顿生烦恼。

　　凭着小时候的经验，我赶紧去买来了一个小网兜进行捕捞。没想到，在这大缸里，小孑孓们凭借着缸大水深和睡莲的屏障，竟和我玩起了游击战。它们好像也深谙兵法之"敌进我退，敌驻我扰"，它们避实就虚、东躲西藏、忽上忽下、忽左忽右，每每都让我的围剿无功而返。

　　看到这些孑孓在水缸中悠然自得、有恃无恐、得意忘形的样子，我才意识到这已经不是我小时候放在玻璃杯里任我摆布的小东西了。

　　怎么办？难道要我向这些小孑孓投降？突然，我想起了几天前一位朋友说的：高锰酸钾也可以杀这些幼虫。

我满心欢喜,以为找到了救星。

我赶紧去药店买来了高锰酸钾,并按说明书指示的方法勾兑好了药水,倒进了缸里。

本以为不出两天就可以给缸里的那些孑孓开追悼会了。没想到,两天后往缸里一看,孑孓好像是见少了,但再看缸里的那些睡莲,却已变得无精打采、垂头丧气,有的已经开始溃烂了。

这时候,我才意识到自己犯了一个多么低级的错误,我竟干了一件杀敌一千自损八百的超级蠢事。

我为了杀孑孓而误杀了睡莲,亲手把好端端的一缸人见人爱的睡莲,变成了一缸只有画家才会喜欢的"残荷"。

三

面对这一缸萎靡不振的"残荷",我后悔不已。不行,我要将功补过。这时候,我想起了当地一种生活在河沟里的小鱼。

这种鱼,老广称它为花手巾,是一种斗鱼。说起这花手巾,我与它可谓是老相识了。那时候,我们这些半大不小的男孩子都喜欢养花手巾,我身边那些调皮一点的男孩子,几乎每人都养有一尾或多尾花手巾,那是拿来与小伙伴的花手巾打架的。在那个年头,手里要是有一尾常打胜仗的花手巾,可是一件很有面子的事情。

这花手巾虽然名字文绉绉的，外表也很美艳，却是个真正的狠角色。它善打架斗殴和捕食水中的小生物，甚至可以跃出水面截杀那些过往的小飞虫。

说起这种花手巾，我还想起了一段往事。那一年，我所在的文艺团体下乡接受贫下中农的再教育。有一天，我们一行人走在一条小河沟的边上，突然，我指着小河沟边上的一丛水草对大家说，这草丛下面有一对花手巾，大家都不相信。这时候，有人拿来竹篓一捞，果然捞到了两条花手巾，大家虽感觉惊奇，但都认为我是瞎猫碰到了死耗子。不久，我又指着另一处地方，他们一捞，果然又捞到了一对花手巾，如此几次以后，大家都觉得我很神奇。

其实，这件事说难不难，这是我小时候抓花手巾抓出来的经验。每一对花手巾都有自己相对固定的活动领地，它们会在自己出没的地方找一个凹陷处做窝。花手巾还有一个最大的特点：它们会不停地冒出水面吐水泡，这样时间长了，它们的窝的水面就积聚了一堆小气泡，花手巾平时就躲在这堆气泡的下面。自从发现了这个奥秘以后，我每次去抓花手巾都是一抓一个准。

此时，我确信自己终于找到了孑孓的克星，不禁又心中大喜，赶紧跑去花鸟市场，一下子买来了十几尾花手巾，回来后急忙放进了水缸中。

没半晌功夫，那缸里已是偃旗息鼓，风平浪静。我估计，那些小子丞已成了花手巾的刀下鬼了。

我暗自庆幸，终于可以睡个安稳觉了。

(三)

还没消停几天，昨天下午，我突然发现在水缸边上出现了一位"仁兄"的身影，凭我的经验，这可不是什么好兆头。

这位"仁兄"的学名叫四喜鸟，它可不是个善良之辈，而是一种闻名遐迩的斗鸟，老广给它起了个绰号叫"猪屎喳"。

猪屎喳身上那黑白相间的毛色,让它看起来像个身着白衬衣、黑西装的绅士,挺有修养的样子,它心情好的时候唱起歌来也十分悦耳动听,像花腔女高音般行云流水、跌宕起伏。猪屎喳是个真正的打架高手,但它更擅长单打独斗,打起架来招招都是要置对手于死地的,真的可以算得上那种笑里藏刀、口蜜腹剑的家伙。我们常说人不可貌相,没想到鸟也这样。

猪屎喳喜欢在猪圈出没、觅食,且一旦受到惊吓或发现什么情况,还会发出"喳……喳……"的叫声,就因为这两个特点,老广给它起了猪屎喳这么个"雅号",也算没有冤枉它。

随后几天,我相继在水缸边上发现了被啄死或尸骨不全的花手巾,我担心的事情终于发生了。

后来所见,证实了猪屎喳就是这几起花手巾被谋杀案的元凶。

五

眼看不断有花手巾命丧猪屎喳的魔爪,我心急如焚,但又不愿意伤害猪屎喳。正急得团团转,无计可施,我太太突然提醒我:"你不会学那农村人,也扎个稻草人?"

一语惊醒梦中人，我眼前一亮。可去哪里找稻草呢？忽然灵机一动，我找来了一个红色塑料袋，外加两支小木棍、几根小铁丝，开始了照葫芦画瓢。不一会儿，一个城市稻草人就横空出世了。

我赶紧拿去往水缸里一插，还真像那么回事。

只见那城市稻草人在微风中手持长枪，威风凛凛，大有当年猛张飞在长坂坡凭手中一杆长矛吓退曹操百万追兵时的英雄气概。我想：这下好了，一定可以镇住那猪屎喳。

果然，自从稻草人上岗以后，那位"仁兄"已好几天没来水缸边了。它只能远远地站在那花架上,气得牙根痒痒、两眼冒火,但就是不敢来招惹这稻草人。

我在想,它一定恨死了这个稻草人。

六

那城市稻草人在上岗的最初几天,确实对猪屎喳起到了一定的震慑作用,猪屎喳一时半会儿也不敢再来捞鱼了,只能远远地站在那花架上干生气。

我正自以为得计,以为从此高枕无忧、天下太平了,谁知道,好景不长。

猪屎喳不愧是个老江湖,见多识广,诡计多端,没几天工夫,那稻草人居然被它识破了。

事情是这样的:猪屎喳经过几天的仔细观察,它发现这稻草人一天到晚站在水里,风来了才动一

两下，来来去去就这几个呆板的动作，实在有点蹊跷。于是，它几次稍稍近身试探，谁知那稻草人竟浑然不知、毫无反应。这下猪屎喳终于明白了，原来这稻草人就是个中看不中用的银样镴枪头。

此后，猪屎喳又开始大摇大摆地跑来捞鱼，完全把那稻草人视同无物。

七

不甘于就这样败给猪屎喳，这一天，我又跑到花鸟市场闲逛，去寻找灵感。

突然，在一家专门卖塑料动物模型的商店里，我发现了几只做得十分逼真的塑料鸭子，我心想：有了，就它们了。

我把那几只塑料鸭子买了回来，放到水缸里，只见这几只塑料鸭子在水中随风飘荡，它们摇头摆尾，栩栩如生，几可乱真，我心中一阵窃喜。

那天，还发生了一个小插曲。在我放塑料鸭子的时候，多多也大喊大叫跑来助威。谁知道出师不利，她刚跳到水缸上，一个没站稳就掉水里去了，搞得浑身湿透，像只落汤鸡，只好临阵脱逃，跑回窝里暖身子去了。

傍晚时分,猪屎喳来了,它显然还沉浸在战胜稻草人的喜悦之中。只见它眉飞色舞、趾高气扬地飞向水缸,一副百万军中取上将首级的嚣张样子。正当它准备降落在水缸的时候,突然看见漂浮在水面的几只塑料鸭子,它因为毫无心理准备,以为遭到了埋伏,被吓了一大跳,身子还没落稳,又匆忙间起飞,被吓得嘴里"喳……喳……"地叫个不停,那副狼狈样真够我笑上半个月,正应了那句江湖话:出来混总是要还的!哈哈哈!

我终于出了一口恶气,我在想:这猪屎喳经此一吓,回家肯定要大病一场,恐怕再不敢轻易跑来捞鱼了。

一场旷日持久的人与物之间、物与物之间的混战终于以猪屎喳的大败而宣告鸣金收兵了。

一件防暑利器

大暑以来这几天，老天爷对我们这里算是下了狠手，每天给我们的除了高温就是酷热，虽曾稀稀拉拉下过几场小雨，算是假惺惺地挤出了几滴鳄鱼眼泪，但心底里，它根本就没打算放过我们。

人们都使尽了浑身解数在抵抗老天爷的肆虐。

这段时间里，松鼠们每天除了一早起来赶紧活动一下，松松筋骨，吃点东西，其余时间大都挤在那把风扇面前，百无聊赖地趴在那里，等待着那把风扇的一点点施舍。

为了给松鼠们降温，我是什么招数都用上了，除了24小时不间断的风扇，松鼠笼里还放置了水盆，我还不时给松鼠笼的屋顶浇水。到后来，我又想到了一个法子：用空矿泉水瓶子装水，放到冰箱里冰冻，待到中午最热的时候再拿给松鼠们降温。

没想到，这一招十分得鼠心，深受松鼠们的欢迎。以后，每天到了中午，松鼠们都会不约而同地跑过来，争相拥抱这支冰冻矿泉水，那场面就像是捞到了一根救命稻草。

目睹松鼠们紧紧拥抱这支冰冻矿泉水的情景，我心里忽然有了一种世事难料、生命无常的强烈感慨。谁能想到，一场高温，竟让一个废弃矿泉水瓶变成了一件救鼠于水火的防暑利器；谁又能想到，斗转星移，几只原本生活在几千公里外茂密森林里的松鼠，在这座南方都市里与我们发生了这样的交集。

我陷入了深深的沉思……

聪聪孵蛋

天气越来越热了,为了帮助小松鼠们防暑降温,我是把"十八般武器"都用上了。

几天前的一个下午,我突然想起小院的角落放着一块圆润光滑的石头。这石头的形状像一个巨大的石蛋,想到石头的温度要比常温低很多,我灵机一动,赶紧把它放到了松鼠笼里。

石头刚放好不一会儿,聪聪就过来了。他一眼发现了这个巨大的石蛋,觉得很奇怪,他想:哪来的这个大石蛋?接着,聪聪好奇地走近一摸,凉飕飕的。他大喜过望,纵身往石蛋上一趴,顿时,一股凉气直透全身,聪聪感到一种入夏以来从未有过的快意。

很快,多多和雯雯也知道石蛋的事情了,她们也急匆匆地赶了过来,但她们好像更喜欢那支冰冻矿泉水。

自从发现了石蛋以后,聪聪就把这石蛋据为己有,他不再和多多、雯雯争那支冰冻矿泉水了。每天中午,聪聪都会准时来到这里守住石蛋,好像怕被别人抢了去似的。聪聪拥抱石蛋的样子十分滑稽可笑,他那认真的样子,就像母鸡在孵蛋。每次看到聪聪全神贯注、紧紧拥抱石蛋的样子,我都会在心里想:没准聪聪真的以为这石蛋可以孵出小松鼠呢!哈哈!

鼠亦有情

连续的高温之下，聪聪终于扛不住了，他病了，症状是不吃不喝、四肢无力、几近瘫痪，情况已到了十分严重的程度。

我先后找了几家宠物医院，也询问过几个兽医，竟然没人能给松鼠治病。

怎么办？难道我当过裁缝，当过木匠，现在还要当兽医？

我赶紧到网上搜索资料、寻找案例、咨询宠友。正当我焦头烂额、束手无策之际，在一个偶然的场合，我遇到了一个真正科班出身、经验丰富的老兽医，人们都亲切地叫他——洪叔。

洪叔虽然也没有医治过松鼠，但凭着丰富的兽医经验，根据聪聪的症状，洪叔判断聪聪是中暑了。

也许是洪叔医术高明，也许是聪聪命不该绝，经过洪叔几天的治疗，聪聪的病情总算控制住了，并逐步有了好转，我的心情也开始由阴转晴。

今天天气特别好，一早阳光就照进了松鼠笼里，聪聪的心情似乎也被照亮了，他在病后第一次迈开大步行走。他探头探脑环顾四周，感慨万分，在他的眼里，这曾经熟悉的一切今天似乎有了全新的意义。这时候，聪聪向我投来一个深情的目光，而我也似乎读懂了他此时心中的万语千言。

在聪聪生病的这段日子里，我是焦急万分、寝食难安，生怕聪聪有什么不测。但我没想到，此时此刻这个世界上竟还有比我更在乎聪聪的，那就是多多和雯雯。

多多和雯雯明显已感觉到聪聪生病了，雯雯不再像平常那样闹腾捣蛋了，她不时跑到聪聪的面前，表现出她的关切。

多多自从聪聪生病以后，就表现得十分焦灼不安。她常常围在聪聪的身边不断转来转去，还时常带来食物放到聪聪的面前。而更不可思议的是，原本她在过完交配期以后就与聪聪分居了，但在聪聪生病的日子里，她几乎每个晚上都睡在聪聪的窝里，每一次我在夜里查看聪聪的时候，都会看到她和聪聪深情依偎的身影，每当此时，我的心里都是满满的惊叹,我突然想起了古人"结发为夫妻,恩爱两不疑"的诗句。

给聪聪喂药（二则）

一

在聪聪生病的这段时间，有一件事情让我感到十分棘手，那就是给聪聪打针和喂药。

聪聪自从成年以后，就表现得很有个性，很有主见。他虽然很乖、很听话，却始终与我保持着一定的距离。比如：他不喜欢像多多和雯雯那样整天黏着我，随我去这去那；不喜欢在我的身上玩耍，与我套近乎；他更不喜欢我用手去抓他，仿佛被我抓在手里，有损他的"鼠格"和尊严似的。

在聪聪刚生病的时候，由于病情严重，他完全无法支配自己的行动，所以每次我抓他打针吃药，他虽老大不情愿，但也无力抵抗，只好任由我摆布。但在他连续打了几天的针，身体逐渐恢复以后，他就再也不让我抓他了。

根据医嘱，聪聪在停止打针以后，还需要继续服用维生素B_2，以修复和滋养他受损的神经。但就为了给他喂药，我被搞得焦头烂额，束手无策。

之前给聪聪喂药，我都是将药研磨成粉并溶入水中，再用针管灌到他的嘴里，但自从他病情好转，有力气了，就再也不让我强行给他灌药了。

眼看来硬的不行，我只好想法子给他来软的。

二

我先试着把药溶在他每天喝的水里，想让他自己喝下去，谁想这家伙贼得很，一闻到水里有药味，连水都不喝了；我又试着把药混到糖水里给他喝，但一样被他识破了；后来，我又把药夹杂在他喜欢吃的水果里，谁知道他刚咬上一口，发现有药味，就把那水果丢得远远的。

这可怎么办？这家伙太难对付了！

突然，我想起了松鼠们都爱吃的酸奶。我赶紧把酸奶拿来，把药粉拌到酸奶里搅匀。也许是聪聪太爱吃酸奶了，也许是酸奶强烈的香味把药的味道掩盖了，聪聪竟然上当了，他把那些酸奶给吃了。

此时，看着终于被我降伏的聪聪，我露出了胜利者的微笑，我在心里想：小样儿，我就不信治不了你。

可惜好景不长，我还没高兴两天，聪聪又不肯吃那些药酸奶了，也许是他发现了个中的猫腻。之后，每次我拿药酸奶忽悠他，任由我拿着药酸奶满笼子里追着他跑，他都置之不理。他扭着头，一脸再也不上当的样子，眼神里满是轻蔑，就好像我并不是他的救命恩人，倒是个骗子似的。

看着聪聪那决绝的样子，我不禁在心里想：你个白眼狼，我刚把你的病治好了，你就翻脸不认人，过河拆桥！

幸好，此时的聪聪病情已基本稳定了，不吃药也无大碍，我也就放弃给他喂药了，否则，我迟早得被他气死。

薅狗毛

转眼到了七八月,夏日的狰狞面目已展露无遗,那高温天气似乎还没有要退场的意思,松鼠们的忍耐已几乎到了极限。

这个时候,同样在忍受高温煎熬的不仅是小松鼠,还有我们家的萨摩耶犬Kiki。

萨摩耶犬据说生活于俄罗斯的西伯利亚地区。那里到了冬季,天寒地冻,气温极低,条件十分恶劣。而正是在这种恶劣的环境下,萨摩耶犬才练就了一身过硬的抗寒本领,进化出了一种独特的御寒能力。

在长期与Kiki的接触中,我注意到萨摩耶犬的身上长着两层不同的毛发,一层是又粗又硬的长毛,另一层是细密柔软的贴身绒毛,这两层不同的毛发组成了一道厚实且密不透风的抗寒屏障,也正是因为有了这道屏障,才使得

萨摩耶犬在零下几十度的冰天雪地里依然游刃有余、我行我素，完全不用看那老天爷的脸色。

但萨摩耶犬这一身具有超强抗寒作用的毛发，面对我们南方的高温天气，不但派不上用场，反倒成了一种沉重的负担，这让Kiki饱受折磨。

也许是身体机能的一种应激反应，每年到了这个时候Kiki都会大把大把地掉毛，褪去身上那层细密柔软的贴身绒毛，留下的是那层又粗又硬的长毛，给自己换上了一身清爽的夏装。

Kiki大量掉毛，确实让自己变得一身清爽，却给我带来了不少麻烦，因为每到这个时候，我们家都是一地狗毛。

> Kiki太惨了，身上的毛都快被主人薅光了。

幸好这个问题并没有困扰我太久，一次偶然的机会，我发现多多喜欢玩弄Kiki掉在地上的那些毛，我顿时受到了启发，想到了一个一举两得、变废为宝的主意。

我开始收集Kiki掉的那些毛，到了后来，我又发现与其让那些毛掉地上再来打扫、收集，还不如主动帮Kiki梳理，把那些即将要换掉的毛直接薅下来。就这样，我不但解决了卫生问题，松鼠们过冬保暖的问题也迎刃而解。

那一天，我正在晾晒收集到的狗毛，多多看到了，以为有什么好玩的，急急忙忙地跑过来，当看到这一地的狗毛，她惊讶地喊道："哇！哪来这么多狗毛！"

整个夏天以来，多多今天是最高兴的，因为，看到主人在晒狗毛，她就知道：冬天不会远了。

晒青草

> 主人真会算计,连路边的草都不放过。

九十月,那夏日已是秋后的蚂蚱,再也蹦跶不了几天了,松鼠们终于赢得了这场抗争的胜利。

经过一个夏天阳光和雨水的纵容,小区草坪的草已长得很高、很长了,但有点高高低低、参差不齐,已经没有了之前绿草如茵、引人驻足的感觉。

照例,每年这个时候,小区就会对草坪进行一次修剪,但在过去,我并不会十分在意这件事情。

自从有了多多和聪聪、雯雯以后,由于他们冬天做窝需要干草,我开始盯上了这些修剪下来的废草。

现在宠物市场卖的干草,可能大多是从北方草原上收割来的,又粗又硬,实在不适合给松鼠做保暖材料。

我们小区草坪的这种草,据说叫台湾草,草叶细细、窄窄、薄薄,晒干以后变得十分柔软。我把这些修剪下来的青草收集后，将它们洗净、晒干，再和从Kiki身上薅下来的毛混在一起，就成了一种效果极佳的保暖材料，柔软、透气、暖和、舒适。用这样的材料给松鼠们做窝，我唯一担心的是他们会在晚上睡觉的时候半夜里笑醒。哈哈！

　　中午，阳光正盛，我在晒草。多多好像又闻到什么味道了，她迫不及待地跑了过来，看到一大堆草，不由分说地一头扎进草堆里。她在草堆里奔跑、翻滚，直到把自己搞得浑身湿漉漉的，直到把那堆草搅得乱七八糟。我只好把那些草又重新归拢，但很快，多多又……

　　唉！今天算我倒霉，谁叫我遇到一个真正光脚的呢？

聪聪的彷徨

聪聪和多多、雯雯在我家已经生活了不短的时间,在我看来,多多和雯雯已完全适应并安于这个生活环境了,但聪聪的心思我至今琢磨不透。

我注意到,聪聪会经常独自爬到松鼠笼的高处,一动不动地趴在那里,眼睛眺望着远方,一副心事重重的样子。他的神情一会儿凝重,一会儿茫然,眼神里似是若有所思,又似是若有所失。

根据我的了解,把松鼠当宠物来饲养在国内流行的时间并不长,而现在市场上出售的小松鼠大多是野外松鼠被人工圈养繁殖的第三、五代鼠。因为圈养和驯化的时间短,这些小松鼠仍然野性十足,饲养起来有一定的难度。

并且,这种人工驯养的效果在雌雄松鼠身上也是不尽相同的。雌性松鼠领地意识比较强,她们还肩负着繁育后代的责任，因此她们更喜欢在一个相对稳定的环境中生活。而雄性松鼠则生而喜欢冒险，他们更愿意浪迹天涯、四海为家，被禁锢让他们倍感无奈，犹如虎落平阳。尽管现在在我这里环境优越、衣食无忧，但聪聪依然是身在曹营心在汉，希望有朝一日能重归大自然。我可以隐隐约约地感觉到，聪聪的骨子里依然心向远方，在他的血管里，流淌的依然是对大山的眷恋和对驰骋森林的渴望。

一场别开生面的音乐会

在我的印象中,雯雯就是那种嘻嘻哈哈、打打闹闹、无所事事,整日只顾着玩的熊孩子,将来长大了也注定是个"啃老族"。但那天发生了一件事情,彻底改变了我对她的看法。其实,雯雯的天赋极高,尤其在艺术方面。

那一天,家里买了些秋葵,准备晚上做菜,我随手拿了一个给雯雯,本意是看看她吃不吃。谁知道,雯雯把秋葵拿到手以后,竟玩性大发,把那秋葵玩出了一番让我都瞠目结舌的花样来。真没想到,雯雯还有这天赋异禀。

照片一:雯雯在吹洞箫。

照片二:雯雯在吹竹笛。

照片三:雯雯在吹笙。

照片一

照片二

照片三

照片四

照片四：雯雯连口琴这种外国乐器都会。

雯雯正全神贯注在那里卖力地表演，突然她发现自己的精彩表演竟无人喝彩。她觉得自己白费力了，她想，这里根本就没有知音！

雯雯生气了，她放下了手中的"乐器"，接着用力向那件"乐器"咬去，不一会儿，就把那件"乐器"皮都给扒了。

雯雯原形毕露，她不装艺术家了，开始大口大口地吃那件"乐器"，露出了吃货的本色。

秃子头上捉虱子

在我茶亭的窗台上，摆放了一件陶瓷的小沙弥。

这件小沙弥顶着个大脑袋，嘟着小嘴，满脸的童真、童趣。小沙弥的眉心上还被嵌了一颗大大的黑痣，这让他的样子显得更加稚趣、可爱，他是我的忠实茶伴。多多也很喜欢这件小沙弥，每次来喝茶，也免不了要和这小沙弥嬉戏一番。

但在我看来，多多与小沙弥的玩闹，更像是一种恶作剧。多多见小沙弥老实厚道，头光秃秃的，连根毛都没有，就经常拿小沙弥的光头和那颗黑痣来说事。

那一次，她又像往常一样，在小沙弥的头上弄来弄去，做出在给小沙弥头上捉虱子的样子。

她指着那颗黑痣煞有介事地在那里大呼小叫，一会儿喊：这里有一只；一会儿又喊：这里又有一只；不一会儿她又喊：这里还有一只……突然，她一口咬住小沙弥眉心上的那颗黑痣大声喊道："哇！这只好大哦！"

大你个鬼啊，这朗朗乾坤光天化日之下，小沙弥的头上连根毛都没有，哪来的虱子？全是你多多在装神弄鬼。

怎么松鼠都喜欢捉弄人？

小沙弥真是祸不单行，好端端坐在这里，又没招谁惹谁，却平白无故遭到多多的恶搞。那天，就连不常来茶亭喝茶的雯雯到了这里，也对小沙弥做出了十分无礼的举动来。

那天我在茶亭里喝茶，无意间看到院子的荷花缸里有一枝枯叶，闲得无聊，我就去把枯叶摘了来，又别出心裁把枯叶戴到了小沙弥的头上，顿觉多了几分野趣。

我正暗自得意，谁知道，这

一举动被来喝茶的雯雯看见了，她莫名其妙来劲儿了。只见她跑了过去，一把将小沙弥头上的荷叶掀了下来。见雯雯如此不讲理，我故意又把荷叶给小沙弥戴上，谁知道雯雯又再次……

如此几个来回以后，见雯雯完全没有要罢手的意思，我只好作出了让步，这下子雯雯得意了，她觉得自己赢了，干脆拿起那枝干荷叶嚼了起来，完全不去理会小沙弥的感受。

此时，我再看小沙弥，他那小嘴好像噘得更高了。只见他眉头紧锁，满脸的委屈，那样子好像在抱怨："怎么松鼠都喜欢捉弄人？"

茶盘上的恩怨（二则）

> 我要不把这葫芦美女赶跑，以后主人那里还有我们的什么事啊！

一

多多已有好长时间没到茶亭里喝茶了，那天，她突然闹着非要跟我到茶亭喝茶不可。

不久前，我的茶盘上新添了一件茶宠，是一个用紫砂做的莲蓬。这莲蓬做工十分精致，莲蓬上的每一颗莲子都可以转动，十分逼真。

多多刚一坐下，这莲蓬立刻引起了她的注意，也不知道她是以为这莲蓬是真的，想要吃里面的莲子，还是觉得这莲蓬好玩，想寻开心。

多多开始摆弄这莲蓬。她把莲蓬颠来倒去、又扒又咬，把自己弄得满头大汗、手忙脚乱，但始终无法把莲子从莲蓬里抠出来。这让多多觉得很不爽、很没面子，也许

在多多看来，作为一只啮齿类动物，连个莲蓬都搞不定是一件很丢人的事情。

见多多在那里摩拳擦掌，一副要大干一场的样子，我急忙把莲蓬拿了起来，免得等一下城门失火殃及池鱼，连我的茶壶都被打翻，这也算是给了多多一个体面的台阶。

谁想到，多多却得了便宜还卖乖，她在那里虚张声势、大喊大叫，嘴里还喊道："有本事你别走，我就不信治不了你。"就这样，多多跟我那个莲蓬茶宠算是结下了仇。

二

之后，为了避免多多再生事，我就把莲蓬茶宠收了起来，再没敢拿出来。

这一天，多多又来喝茶了，她装模作样在找那个莲蓬，但已不见了莲蓬的身影。突然，她一眼看到我的手里

拿着一个烙了个美女图案的小葫芦在把玩,她似乎有了什么想法,立马来了精神。只见她不动声色地跑到我面前,趁我不备一把将葫芦抢了过去。她拿着葫芦翻来覆去,一番琢磨,随即,她的嘴角露出了一丝坏笑。

突然,多多以迅雷不及掩耳之势,向着那葫芦美女的腰狠狠地咬去。只听见"咔嚓"一声,我一看不对,赶紧去抢那葫芦,可惜,悔之晚矣,好端端的一个葫芦已被多多咬出了一个口子。

我叫苦不迭,恨自己没提防多多,被她算计了。但再看多多,却是一副快意恩仇、得意万分的样子。我被气坏了,我心想:冤有头债有主,你跟莲蓬茶宠有仇,干吗要拿这美女葫芦出气呢?

那天,我差点没把多多拿去红烧了。

都市童话 被带偏的日子

玩过火了！

　　多多和Kiki已经很长时间没有一起出现在大家的视线了，有的朋友在问：是不是多多有了聪聪和雯雯做伴以后，就不再和Kiki玩了？

　　其实不是的，可以说，除了下雨天不能出来玩，多多和Kiki几乎天天见面，她们俩的关系已经从之前的好朋友升级为闺蜜了。她们整天在一起玩耍、聊天、说悄悄话，多多甚至连一些跟聪聪和雯雯都不说的私密话也会跟Kiki说。

　　随着她们俩关系的不断升温，她们之间游戏的花样也在不断更新。最近，她们玩的一个游戏，可能又要冲击我们人类认知的底线了。

　　不知道从什么时候开始，多多和Kiki的游戏就迭代了，她们已经不满足于说说笑笑、追逐打闹了，多多喜欢

爬到Kiki的身上，在Kiki毛茸茸的身上钻来钻去。多多觉得这种玩法很刺激，充分显示了她和Kiki的亲密关系，每次玩到高兴处，多多还会像骑马那样坐在Kiki身上，并做出一副跃马扬鞭的姿势来，多多觉得自己很了不起，做了一件她们松鼠家族做梦都不敢想的事情。

没曾想，多多和Kiki的这种玩法，引起了博美犬老祖宗极大的不满，她认为多多骑在Kiki的身上，是对狗的不尊重，是对狗尊严的冒犯。

就为这件事，老祖宗开始疏远多多了。

话不投机半句多

多多自从上次与Kiki玩耍的时候，把Kiki当马骑被老祖宗看到，引起了老祖宗的不满和反感以后，她和老祖宗的关系就跌入了谷底。虽然多多对这件事情十分懊恼，一直想找机会挽回与老祖宗之间的关系，但谁知道老祖宗就是不买账，一直故意疏远她、冷落她，好几次都把多多搞得灰溜溜的，下不来台。

那一天，多多看到老祖宗从对面走过来，就主动迎了上去，想跟老祖宗打个招呼、缓和一下关系。谁想到这老祖宗一见多多向自己走来，就站住了，做出一副拒人千里的表情。

多多还想再靠近点，老祖宗竟摆出一副准备开骂的样子，吓得多多只好站在那里。

见多多还不走开，老祖宗干脆自己掉转头，嘴里还念叨道:"你不走我走。"

多多就这样被尴尬地撂在一旁。

又有一次,多多见老祖宗在那里闲坐,看样子好像心情不错,就想趁着老祖宗高兴上去卖个乖、讨个好。

她直接跑到老祖宗的身边,还很下作地闻了闻老祖宗的脚说:"老祖宗,你是不是天天洗脚,怎么这脚一点都不臭?"

其实哪有脚不臭的,多多这样做无非是想拍个马屁,讨老祖宗的欢心,才违心做出这样没皮没脸的事情来。可见,为了挽回与老祖宗的关系,多多也算是拼了。

但就算这样百般讨好，老祖宗依然不买账，她绝情地对多多说："无事献殷勤，我的脚臭不臭关你啥事？"

多多低声下气、委曲求全，没想到被老祖宗劈头盖脸地羞辱了一番，马屁没拍成，反倒被马踢了一脚，着实没趣，只好灰溜溜地走开了。

尽管碰了这么多次钉子，但多多还是不死心。

那天，她看到老祖宗百无聊赖地坐在那里晒太阳，好像挺寂寞、挺无聊的样子，多多心想：机会来了。

于是，多多赶紧挤了一脸的笑，还想出了一堆自己都觉得丢人的恭维话，兴冲冲地向老祖宗走去，这次多多是志在必得。但还没等多多把那些编好的台词说出来，老祖宗已先开了腔，她对着多多冷冷地说："离我远点，别影响我晒太阳。"

老祖宗这话对于刚刚还满怀信心的多多来说，简直就是晴天霹雳，这一次多多实在是太受伤了。

想着自己三番五次忍气吞声、委曲求全地讨好老祖宗，竟换不来她的一句好话、一个好脸色，再想想Kiki对自己的好，多多不禁问自己，同样是狗狗，怎么就那么不一样呢？

想到这里，多多委屈地拖着那条大尾巴，头也不回地走了。

第三章 第三个中秋节

第三个中秋节

> 这红酒到底有多贵啊！主人怎么从来都不让我们喝？

转眼，中秋节又到了，为了营造一个节日的气氛，我们小区早早就张灯结彩，大红灯笼高高挂了。

今年的中秋节，是多多和我们一起过的第三个中秋节，多多早已是轻车熟路了，她不断在家里进进出出、指手画脚，好像这些过节的事都归她管。

照片一：没等我把东西摆好，多多就迫不及待地跑过

照片一 　　　　　　　　照片二

照片三 　　　　　　　照片四 　　　　　　　照片五

来，看到满桌子的水果和各种食物，她指着那些东西大声地问："这些全部都是给我吃的吗？"

照片二：多多一眼看到她过去从没有见过的几个猕猴桃，她眼睛一亮，上去就啃。也许是猕猴桃还没熟透，还很酸，看她的表情不太对。

照片三：多多又瞄了一眼边上的那瓶红酒，用贪婪的语气问："这红酒也是给我喝的？"

照片四：多多好像觉得还少了什么，她急匆匆地问我："不是说还有哈密瓜吗？"我只好赶紧把还没摆出来的哈密瓜也拿出来了，她这才满意地点点头。

照片五：突然，多多又东张西望起来，似乎在找什么东西，四处张望之下，她终于看到那盒月饼了，急急忙忙跑过去，兴奋地喊道："耶！又有月饼吃啰！"

想要一辆车

最近，多多好像懂事了许多，没怎么给我惹事。松鼠笼里的事情也打理得井井有条的，学习也自觉多了。我正准备奖励她一下，她竟主动向我提出要买一辆车，她还说："邻居都有车了，凭什么我们没有？"

考虑到多多最近的表现，为了鼓励她，我答应了。

听说我同意给她买车，多多别提有多高兴了，她逢人便说，到处显摆，弄得满大街的人都知道了我要给她买车。多多还说："有了车，要先回趟东北老家看看父母兄弟姐妹，也好让乡里乡亲知道我在外面混得不错。"

多多转而又想：主人这一高兴，会给我买什么车呢？是进口车还是国产车？

接着，多多又自言自语："主人也别太破费了，买进口车以后用油和维护都太烧钱了。"

都市童话　被带偏的日子

车终于买回来了。那天,我把刚买回来的车拿给多多,谁知道她一看脸都绿了,着急地说:"这就是你给我买的车?还说是带越野的?"

多多对我买玩具车给她一事一直耿耿于怀。一次,她在和Kiki聊天的时候,悄悄跟Kiki说:"主人说是给我买辆车,原来是辆玩具车,让我空欢喜一场,主人太能忽悠了。"

Kiki听完后,大笑了一场。

真的买车了

昨天，我在旧货市场买了一辆木制的老旧农用独轮车。

我买车的消息很快就传到了多多的耳朵里，听说我真的买车了，多多比我还高兴，但一想到上次我买玩具车忽悠她的事，她又有点半信半疑了。

车刚一到家，多多就第一个跑了过来，见到真车，多多那个高兴。她想：有了车，还是先去自驾游吧！回东北太远了。

跳上车后，多多用疑惑的语气问："主人，这就是你新买的车？怎么跟别人的车长得不一样？"

"这哪是哪呀？我怎么看不出来？"

"这是车前杠？"

"这是车厢？"

"这是驾驶室?我是坐这里开车吗?那方向盘呢?"

"怎么只有一个轱辘?主人你是不是又在忽悠啊?"

过后,多多逢人便说:"满大街的车都是四个轱辘,主人拿一个轱辘就想来忽悠我们,他以为我们松鼠真的那么好忽悠吗?"

那天后,很多邻居见我就问这件事,搞得我挺尴尬的。

家乡的小竹篮

前些日子,我回了趟老家。

以往回去,多半是因为工作或办事,所以每次都是行色匆匆。这次回去,没了这些羁绊,也没了那些应酬,自然就觉得轻松自在了许多。

徜徉在古老的牌坊街,回忆着儿时听父母讲的那些关于这座古城的故事,再回想当年穿着木屐与小伙伴们在这里追逐打闹、搞恶作剧的情景,一时真有了"少小离家"的感慨。

这时,街边一间小货栈引起了我的注意,这里挂满了大大小小各式各样的竹篮子,还有许多潮汕地区特有的生活用具。

竹篮子在过去是当地人很重要的生活用具。过去没有电冰箱,所以,剩饭剩菜或其他要放隔夜的食物,大人都会放在竹篮里,再高高地挂起来。竹篮子通风透气,食物不容易坏,而把它高高挂起来,可以防老鼠,也可以防"两条腿的老鼠",嘿嘿!我小时候就没少因为偷竹篮里的东西吃而被妈妈揪耳朵。

在小货栈,我满心欢喜地买了三个小竹篮,回来后,把它们安顿在我那辆农用独轮车上,顿觉有了浓浓的故乡气息。

独轮车上多了几个小竹篮,这引起了多多的注意。那天,她跑到独轮车上来玩,见到这几个小竹篮,也莫名地喜欢得不得了。也许是爱屋及乌吧!她兴高采烈地围着这几个小竹篮转来转去、爬上爬下,那开心的样子,好像她也是个潮州人,好像她也有过我儿时那样的回忆。

两个大南瓜

朋友送来了两个大南瓜。

这两个大南瓜金光灿灿，土而不俗，艳而不媚，往那里一摆，真有种"富贵不能淫，威武不能屈"的感觉，正是这种感觉，让我一直都很喜欢南瓜。

瓜刚放下，我正与几个朋友在议论这南瓜，多多就呼哧呼哧地跑了过来，她拨开众人，一下跳到南瓜上，还煞有介事地做出一副埋怨的表情，那意思好像是说：这么重要的事怎么没告诉我？

接着，多多在南瓜上跑来跑去，这里敲敲，那里闻闻，装模作样。她做出一副在办正经事的样子，好让我相信她这回真的不是为了吃来的。

一番折腾后，大概是终于确定这大南瓜是可以吃的了，趁我没留意，多多在南瓜上狠狠地咬下了一块，接

着，就坐在南瓜上，毫无愧色、旁若无人地吃了起来，嘴里还在那里嚷嚷，那意思是说她在帮我试一试这南瓜好不好吃。

  我一时惊呆了，她怎么可以这样？这南瓜我是拿来做摆设的，不是拿来吃的。

  多多坐在南瓜上，毫不理会我的愤怒，继续大口大口地吃着，脸上是一副我是吃货我怕谁的样子。想到她刚才为了吃这南瓜而做出的一系列丑陋的表演，我不禁在心里骂道：见过吃货，但没见过脸皮这么厚的吃货。

特殊香客

最近，我把家里一尊石雕佛像移到了茶亭里摆放，这件事情不清楚多多怎么就知道了。我头天下午刚把佛像摆好，她第二天一大早就急匆匆地赶了来，看她一脸认真的样子，像是来赶这头炷香。

到了这里，多多先是假惺惺地瞄了佛像一眼，头还没磕一个，接着就开始到处乱转。她翻箱倒柜，到处乱看，完全没有一点香客的样子。一阵忙乱之后，多多好像有了什么发现，她似乎闻到了一股自己十分熟悉的香味。这里怎么会有这种香味？多多问自己。

想着又有好东西吃了，多多开始有点心神不定，她完全忘记自己来这里的目的。她加紧四处搜寻，很快，她发现这香味好像是从香炉里飘出来的。多多满心欢喜奔向香炉，一阵急促的翻动，她竟然从香炉里找到了几粒香喷喷

的酵母片。

多多眉飞色舞、喜形于色，这可是个意外的收获。此时的她已完全忘记了自己香客的身份，刚才还假惺惺挂在脸上的那一点虔诚也早就消失得无影无踪，她拿起酵母片一屁股坐在那尊佛像的怀里，迫不及待地吃了起来。

这个没出息的家伙，我略施小计，几粒酵母片就让她现出了吃货的原形。亏她之前还跟我说想求佛祖帮她下辈子投胎做个富家小姐。我想，经此一事，她下辈子还能不能继续做一只松鼠都难说了！

活该！谁叫她一见到吃的就六亲不认。

大门口的奥秘

我家的院子里有一个地方也是多多非常喜欢去的,那就是院子的大门口。

院子的大门正对着小区一条行人如鲫、人来人往的便道。这里视野开阔,小区里发生的许多事情在这里都可以尽收眼底,这里也是小区里许多人进出的必经之路。

在我看来,这大门口真没什么好玩的,但不知道多多为什么会迷上这里,她没事就往这里跑,而且经常一待就是老半天。

经过一段时间的观察,我终于发现多多喜欢这里的原因了。

第一,看热闹。

我想,多多一定是听信了"外面的世界更精彩"这句时髦话才跑到这大门口来的。的确,站在这里可以看行色匆匆，可以听家长里短，可以观蹒跚学步，还可以一睹小孩子骑着童车、踏着滑板呼啸而过的精彩画面。这一切对于多多来说，都是新鲜、刺激、有趣的，她怎么能放过呢？

第二，刷存在感。

多多还发现，自从她往这大门上一站，认识她的人就多了起来，和她打招呼的人也多了。现在，她几乎成了小区的名人，慕名前来拜访她的人络绎不绝，就连当地的媒体也专门派了人来采访她，并写了一大篇文章。多多想，照这样下去，她很快就会成网红了，多多觉得这大门口太

让她长脸了。

第三，看主人笑话。

多多说，平常家里大事小事都是主人做主，根本就没有自己说话的分，但自从发现这扇大门以后，她只要往上面一站，那就是"一夫当关，万夫莫开"，连主人都要看她脸色。碰到主人有急事要出门，还要给她点头哈腰、求她放行，这可是多多做梦都想看到的。多多觉得，自己终于找到了一个长自己志气、灭主人威风的机会。

就这样，在其后很长的一段时间里，多多有事没事就会跑到这里，她像一尊门神似的守在大门上，过往行人路过都好像在接受她的检阅，多多似乎在这里找到了自己存在的价值。

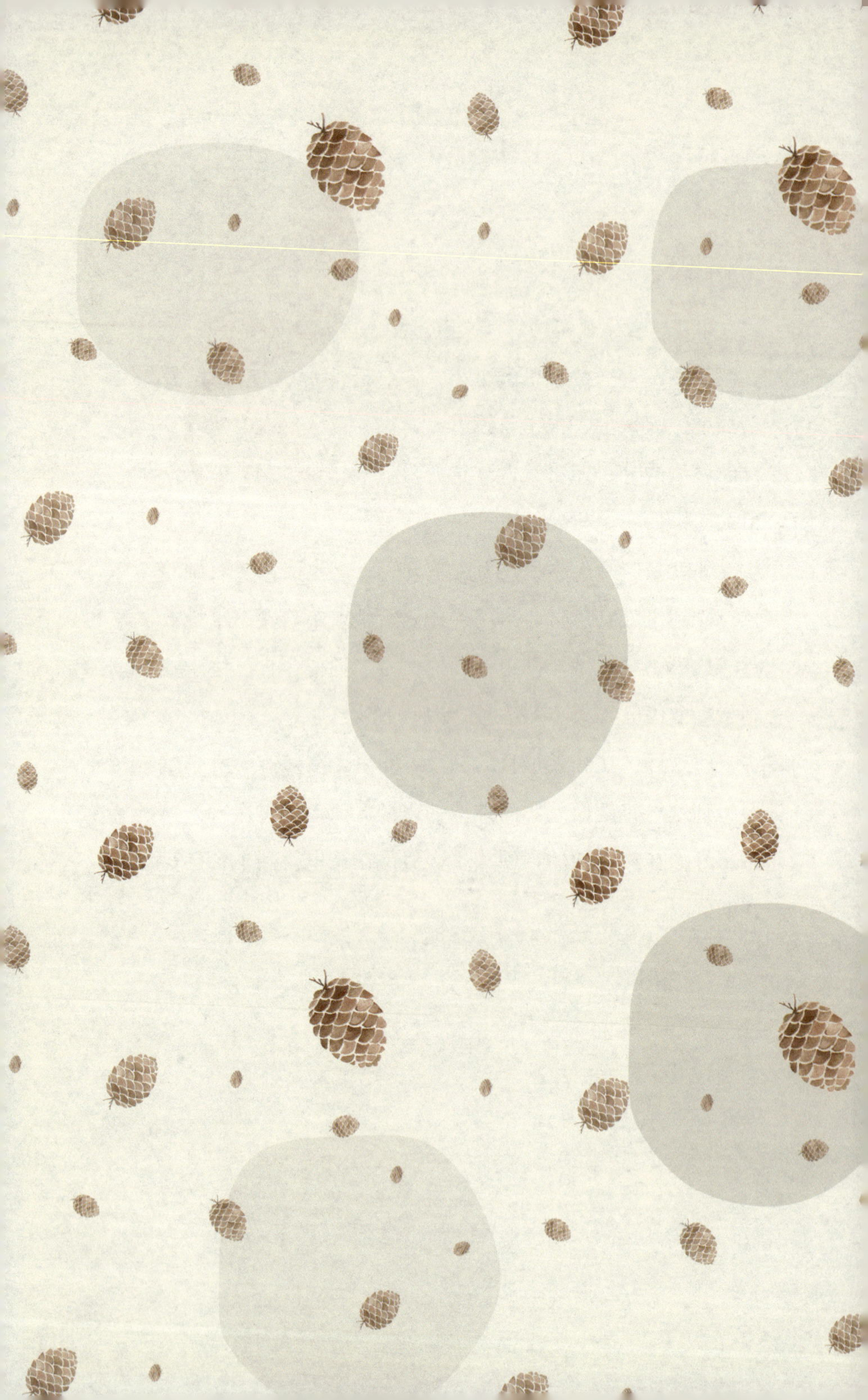

第四章

狗年的憧憬

一对鸟夫妻（七则）

一

我居住的小区绿化很好，可以说是绿树成荫、绿草如茵。这里还栖息着许多的鸟儿。根据我平时的观察，这里光是我能叫得出名字的鸟儿就有十种八种，如麻雀、绣眼鸟、高髻冠、白头翁、大山雀、乌鸫、斑鸠、四喜鸟等等，犹如一个小鸟天堂。

今天，我要说的是我与一对高髻冠夫妻的传奇故事。

由于我家的小院子里种了许多花花草草，又养了许多小动物，这就惹得许多小鸟都喜欢到我这里来串门。

在这众多的造访者中，有一对高髻冠夫妻有点与众不同。这对高髻冠夫妻特别恩爱，每次到我这里都是出双入对、形影不离，让人好生羡慕。

第四章 狗年的憧憬

由于常到我这里歇息、觅食，跟我几乎天天见面，久而久之，他们也不再惧怕我了。

为了增进与他们的感情，我还特意去买来了他们喜欢吃的黄粉虫，每次他们来，我都会拿黄粉虫招待他们。

日久天长，他们就把我当成了可以信赖的朋友，饿了他们会飞来向我讨食；遇到我在院子里，他们会主动过来打招呼；见到我在茶亭里喝茶，他们会飞到我的茶桌上来陪我喝茶；甚至，我在阳光房里写东西，他们会落在我的书桌上看我写字，翻弄我的纸和笔。这种亲密的接触，到了后来他们哺育幼鸟的时候，变得更加一发不可收拾。

二

由于终日与这对鸟夫妻近距离接触，又跟他们有了许多亲密的互动，这让我对他们有了更多的了解。

说来，这对高髻冠夫妻真的十分有趣。

高髻冠妻子个头比丈夫略小，长相秀气，性格温和、开朗、大方，每次到我这里，她的羽毛都是梳理得纹丝不乱，一看就是属于贤妻良母型的。

高髻冠丈夫长得十分帅气，一表人才，一副勇武的样子。但让人意想不到的是，他谨小慎微、胆小怕事，有什么难事总是让妻子出头，他自己则躲在后面。这让我从一开始就有点看不起他，我觉得他一点都不爷们，没点男子汉的担当。我甚至怀疑当初高髻冠妻子嫁给他，一定是看走了眼，是被他的外表给迷惑了。直到有一天，在我家的院子里发生了惊险的一幕，才改变了我对他的看法。

那一天，一对白头翁跑来搞事，想抢占我们家这个院

子，与高髻冠夫妻发生了激烈的打斗。那一次，高髻冠丈夫奋勇当先，表现得无比神勇，经过一番激烈的搏斗，终于把那对白头翁打得落荒而逃。此后，那对白头翁好久都不敢再踏足我家的小院。

经此一事，我改变了对高髻冠丈夫的看法。

三

时间过得真快，转眼间，我与高髻冠夫妻这种亲密

友好的交往已持续了好几个月时间。进入三月份,他们夫妻俩到我这里索食是越来越频繁了。他们不停地叨着我给他们的黄粉虫来回穿梭于我家与他们的鸟窝之间,到底发生了什么事情?此时,我突然想起了"劝君莫打三春鸟,子在巢中待母归"的诗句,事情的原委我似乎已猜到了几分。想到此时高髻冠夫妻的窝里就可能有几只嗷嗷待哺的雏鸟,我在高兴之余,顿觉身上多了一份沉甸甸的责任。

我赶紧给他们准备了更多的黄粉虫。

时间就这样一天天过去了。这天一大早,我被高髻冠夫妻俩异样的叫声吵醒了,凭经验,我已经猜到了即将出现的一幕。

我赶紧开门从屋里走出来,只见高髻冠夫妻带着三只羽翼未丰、呆头呆脑的小高髻冠,就落在我家的石榴树上。高髻冠夫妻上下翻飞,叽叽喳喳地叫个不停,喜形于色,初为人父母的喜悦溢于言表。此时,他们好像是要与我一起分享他们的喜悦,又好像在告诉我:小鸟们的成长也有我的一份功劳。

面对此情此景,我不禁想起了宋代著名诗人葛天民那温馨感人的诗篇:

《迎燕》

咫尺春三月,寻常百姓家。

为迎新燕入,不下旧帘遮。

翅湿沾微雨,泥香带落花。

巢成雏长大,相伴过年华。

此时,我感慨万分,我在想:我何德何能,竟惹得这些小生灵对我如此这般地眷恋和信赖。

(四)

很快,雏鸟们离窝已有十天八天了,高髻冠夫妻比之前更忙了。

他们每天除了要找很多的虫子来填饱小鸟的肚子,也

要教小鸟们飞翔、觅食、避险，还要教小鸟们许多做鸟的道理。反正人类父母教孩子的那些事情，他们也几乎一件没落下。

这段时间，我的心情与高髻冠夫妻的心情是一样的，那就是忐忑不安、喜忧参半。喜的是小鸟们一天天长大，已可以和父母比肩了；忧的是随着羽翼渐丰，他们开始跃跃欲试，开始不安分了，这时候，危险随时可能发生。

这段时间，高髻冠夫妻出来觅食，已不再出双入对了，他们每次只来一个，而留一个在树上看住那些小祖宗。

在高髻冠夫妻的带领下，小鸟们也把我这里当成家了。他们常常随父母跳到我家院子的地面上玩耍，还跑到离我很近的地方，瞪着一双稚气、天真的大眼睛望着我，好像在问：这个人到底是我们哪门子的亲戚？

这两天，鸟儿们出现在我家的次数越来越少了，这让我有一种怅然若失的感觉。因为，在我的心中，早已把高髻冠一家当成了我生活中、生命中的一部分了。

五

原以为送走了高髻冠小鸟后，我与他们夫妻的关系就将告一段落了，谁知道，我们的关系又进入了一个新的轮回，他们的第二窝小鸟、第三窝小鸟又相继闯入了我的生活，也逼得我不得不续写与他们的故事。

在与高髻冠夫妻交往了大半年以后，高髻冠丈夫对我的态度已有所改变，但依然是那样地小心翼翼、步步为营，这让我真的有点生气了。我在想，这做鸟的道理有千百条，他怎么就单单记住了"小心驶得万年船"这一条？

有几次，我故意把食物放在离我很近的地方，想用食物来逼迫他做出妥协。谁知道他死活不肯就范，宁愿饿着，也不肯冒这个险。

在几次让高髻冠丈夫空手而回后，我又心软了，我

在想，何必强人所难呢？高髻冠丈夫作为一个父亲、一个丈夫、一家之主，如果他找不来食物，他的妻子会怎么看他？他的孩子会怎么看他？其他鸟又会怎么看他？

想到这里，我放弃了想要改变高髻冠丈夫的想法。

六

跟高髻冠夫妻交往什么都好，就有一点不好，那就是：我为他们提供的是美味佳肴，他们留给我的却是满地的鸟粪。

当然，这只是说玩笑话而已。古人说：君子之交淡如水。更何况是几只鸟乎？难道我还要高髻冠夫妻给我生几

个金蛋蛋不成？

　　那天，有几个朋友来我家喝茶，他们听闻了我与高髻冠夫妻的故事，都感到十分惊讶！

　　就在这个时候，高髻冠夫妻刚好带着他们的第三窝小鸟来了，我就开玩笑地对着高髻冠夫妻说："我帮你们养大了孩子，按情理来说，你们的孩子应该跟我姓才对。"

　　听到这句话，我其中一个朋友马上接着话茬说："对！对！他们的孩子应该跟你姓，就叫'苏髻冠'。"

　　我一听就乐了，哈哈！苏髻冠！这真是喜从天降啊！

　　我因为与高髻冠夫妻的这段善缘，而意外得到了几只跟我姓的小"苏髻冠"，这也算是善结善缘、种瓜得瓜了吧！

　　哈哈哈！

七

　　鸟儿们的繁殖期已到了尾声，超乎我的想象，高髻冠夫妻在这短短的三四个月时间里，竟然繁育了三窝小鸟，每窝小鸟都是三只。

　　这两天，我亲眼看见了他们送走最后一只小鸟时那难分难舍的感人场面。也该结束了，高髻冠夫妻真的累了，也瘦了，羽毛都没有了光泽，而我也想放下心头的这份牵挂了。

　　没有牵挂的感觉真好，我一时竟有了想弹琴的冲动。为了他们，我已经好久没弹琴了。以往我弹琴大都在屋子里，但今天不知为什么，我突然心血来潮，把琴搬到了茶亭里弹了起来。正在我弹得入神的时候，忽然，一道黑影从天而降，不偏不倚落在了我琴旁的玻璃栏杆上，我的心一阵高兴，一定是她——高髻冠妻子。

　　高髻冠妻子就像是回家那般熟络和理所当然。

　　高髻冠妻子跟我的交往，早已超越了物种和语言的障碍，她对我深信不疑，我对她关爱有加，但也许令她想不到的是，在她完成了大自然交给她的使命，即将远走高飞，开始新的生活之际，冥冥之中竟然有一场不期而至的音乐会在等待着她。

　　此时，我们都彼此心照不宣，沉浸在一种别样的思绪之中，我默默地弹琴，她静静地听，时间在这一刻仿佛凝固了。

突然间，我意识到这一刻的珍贵，我应该留下这稍纵即逝的神奇而温馨的画面，这也许是我生命中唯一的一次奇特际遇；或也许，这种神奇而温馨的场面，有一天会成为这个世界的绝唱。

想到这里，我赶紧拿起了手机，按下按键，留下了这珍贵的画面，还有那挥之不去的思绪……

多多受伤了（二则）

一

今天一早起来，我还是如往常一样先去巡视了一下松鼠笼的情况。

但未等靠近松鼠笼，我就有一种异样的感觉，只觉得松鼠笼里鸦雀无声，气氛十分紧张。再靠近一看，见多多正以惊恐和求助的眼光看着我。

到底发生了什么事情？我赶紧往松鼠笼里张望，看见在离多多不远处，聪聪正以一种慌乱的眼神看着我，而当我的目光注视他的时候，他却把脸扭开了。聪聪的表情在告诉我，一定是他干了什么坏事。

为了弄清到底发生了什么事情，我赶紧把多多放了出来。多多迅速跳到了我的身上，这时候，我终于看清楚，

多多的耳朵正在渗血。

联想到进入交配期以来聪聪的疯狂举动,我对事情的来龙去脉已猜到了几分。

两天过去了,聪聪对多多的伤害仍在继续,多多耳朵上的伤口在扩大,伤口也仍在渗血,我心急如焚。

为了保护多多,防止聪聪对多多的进一步伤害,我决定暂时对他们进行隔离。

考虑到多多比较乖巧、听话、凡事好商量,我决定就把多多隔离出来。

我把多多暂时安顿在一个小松鼠笼里。但没想到,我的一番好意多多并不领情,她认为这个安排是颠倒黑白、是非不分,明明自己是受害者,是无过错的一方,反而要受到这样的惩罚，她在笼子里大喊大叫。

面对多多的强烈反对，我也暗自思忖：多多的话还是有道理的。想到这里，我决定知错就改，把多多重新放回松鼠笼里，而把肇事者聪聪单独关进了小笼子里。

二

今天，是聪聪被隔离的第三天。

在这三天里，聪聪显然是没有好好闭门思过、认真检讨自己的错误行为。他总是强调客观原因，推卸责任，他还说自己完全无意要伤害多多，他也不知道为什么会这样。他还先后祭出了三个招数对抗我的隔离措施。

第一招：装。他一天到晚哭丧着个脸，做出一副很委屈、很无辜的样子，倒好像是我办了冤假错案，冤枉了他。他是试图以此软化我的决心，好让我早点放他回去。

第二招：逃。他把整个松鼠笼都翻遍了，希望找到破绽可以逃脱出去。他还用牙齿死命去咬那些铁枝，以为那些铁枝怎么也硬不过核桃，结果他终于知道，这世界上真有比核桃还硬的东西。

第三招：绝食。自从我把聪聪关起来以后，他就开始绝食了。三天来，他颗粒未沾，我拿他最喜欢吃的松子诱惑他，他都忍住了。他这是要拿性命来要挟我啊！这可怎么办？千万别搞出"人"命！

聪聪最后这一招最为狠毒，一下子就戳到了我的死穴：这年头什么都好说，就是不能出"人"命。

在聪聪被隔离的第三天下午，我终于认输了，我灰溜溜地把聪聪放回了松鼠笼，在这场与聪聪的较量中，我算是毫无脸面地完败了。

输给聪聪我都认了，最令我气愤的是，当我把聪聪放回松鼠笼的时候，多多和雯雯竟像欢迎打胜仗的英雄那样，站在松鼠笼的门口夹道欢迎聪聪，那热烈和隆重的程度，就差没有拉横额和敲锣打鼓了，我倒成了猪八戒照镜子——里外不是人。

那天，我差点没被他们气死！

雯雯的糗事（五则）

> 雯雯什么都好，唯一不好就是老喜欢偷我的零食。

一

一直以来，雯雯就像一个长不大的孩子，她天真、活泼、调皮、任性，但十分可爱。她还有一副心直口快、有啥说啥、路见不平一声吼的侠义心肠。

因为这种性格，雯雯平日里就没少给我惹祸添乱，她自己也没少为这个性格吃苦头。出于对雯雯的爱护，我一直对她严加看管，平常也不轻易让她到松鼠笼外面玩。

眼看着多多可以随便到松鼠笼外面玩，满世界跑，自己却整天被关在松鼠笼里，雯雯的心里愤愤不平，觉得我厚此薄彼，没有一碗水端平。偏偏这多多又常常是口无遮拦，每次出来玩，遇见什么好玩的、好吃的，回去就绘声绘色、大肆渲染，把聪聪和雯雯弄得只有羡慕、妒忌

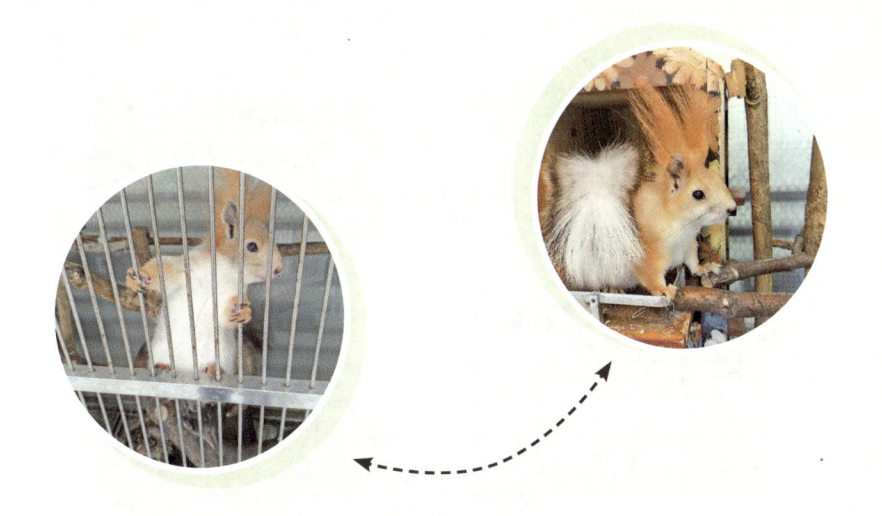

加恨。

对这件事情，雯雯更是不依不饶，逢人便说我偏心，说我只对多多好。她还偷偷跟别人说，她不是我亲生的，所以我才对她这样，弄得我像个后爹似的。

为了平息雯雯的怨气，有时候，我也会让雯雯到松鼠笼外面来玩玩，但没想到她一出来，就闹出许多糗事来。

二

雯雯自从听多多说那铁观音如何如何香、如何如何好吃以后，就一直垂涎三尺，总想找机会尝一尝。

那一天，我到茶亭里喝茶，想着雯雯整天吵着要喝

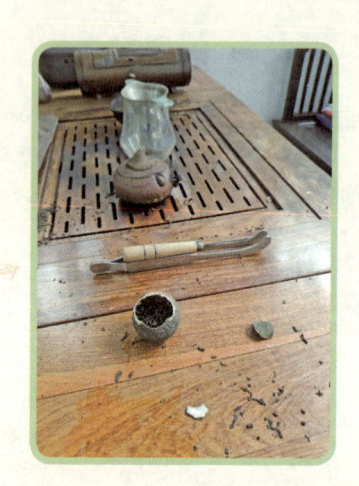

茶，我就把她带上了。

已经好久没到茶亭来了，雯雯见啥都新鲜，见啥都好玩，当然了，她最关心的还是多多说的那个铁观音。

喝什么茶呢？突然想起不久前朋友拿来了一些新鲜出炉的小青柑茶。对，今天就尝尝鲜，我赶紧拿出了一颗小青柑茶。

这时候，一直在等待这一刻的雯雯看到了，她一下跑过来将小青柑茶抢了过去。

要论对茶叶，雯雯可没有多多内行，她根本就分不清什么是铁观音，什么是小青柑茶。只见她抱起小青柑茶就啃，她不断转动那小青柑茶闻来闻去，这里咬一口，那里咬一口，似乎在寻找多多描绘的铁观音的那种感觉。不一会儿工夫，小青柑茶就剩下一身空皮囊了，里面的茶叶洒落了一地，茶盘上被弄得一片狼藉。

我坐在那里哭笑不得，喝茶的心境也没有了，再看雯雯，她竟在那里大呼小叫："多多骗人！铁观音哪有她说的那么好吃！"

三

多多上次去上香，在那尊佛像的香炉里找到了几粒香喷喷的酵母片的事情被雯雯知道以后，雯雯就一直惦记着这件事。雯雯心里想：多多运气怎么这么好，到哪都能碰到好吃的东西。

这一天，趁着我又带她到茶亭来，雯雯可高兴坏了，想着终于有机会了。

到了茶亭里，雯雯根本就无心喝茶，她快速跑到佛像那里，见到那尊佛像，连个招呼都不打就直奔香炉，她满心欢喜，自己好久没吃酵母片了。但直到她把香炉翻了个底朝天，依然没有发现酵母片的影子。雯雯心有不甘，暗自在心里想：酵母片会不会藏在佛像的身上呢？接着她竟爬到佛像的身上也乱翻起来，看她那样子是恨不得把佛像

的袈裟都脱下来找一遍。但即使这样,依然不见酵母片的踪影。

这时候,已失去耐心、恼羞成怒的雯雯又在那里大喊大叫:"多多又在吹牛!这香炉里根本就没有酵母片,尽是灰!"

（三）

雯雯还听多多说，在我的屋子里摆了很多好吃的东西，想要什么都有，听得雯雯口水都快流出来了。也就因为这件事情，雯雯一直吵着要进我的屋子里看看。

那一天，不知道是因为什么事情，雯雯终于如愿以偿，进到我的屋子里。进屋以后，雯雯一下就跳到桌子上，眼睛像贼一样迅速往客厅里扫了一圈，她发现这里果真摆了很多好吃的东西，有香瓜、苹果、雪梨和芒果，还有一些她不认识的水果。

雯雯十分高兴，想着多多终于还是讲了一次真话，正待她准备开始享用这一桌水果的时候，她突然又想起，多多不是说还有红酒吗？怎么没看见？

雯雯顾不上享用这满桌子的水果，开始满屋子找红酒。她几乎找遍了客厅的每一个角落，在确认屋子里没有红酒后，雯雯又开始发飙了，她开始大喊大叫："多多你个大骗子，满嘴跑火车，这里哪有红酒？"

五

连续的阴雨天，松鼠们已经很长时间没有到松鼠笼外面来玩了，直性子的雯雯更是显得有点心浮气躁。

上午，天气开始放晴，太阳犹抱琵琶半遮面，终于羞答答地露出了她的芳容。

趁着天气好，我赶紧为松鼠们清扫笼子。正当我打开松鼠笼，专心致志地清扫笼子里散落的食物时，突然，雯雯兴冲冲地跳到了半开着的松鼠笼门口。她站在那里，一只手扶着门框，一边探出半个身子，贪婪地向外张望。

看到雯雯蠢蠢欲动的样子，我担心她又要干出什么傻事来，赶紧去关门，但为时已晚。只见她整个身子站在门的中央，用一只手死死抵着大门，嘴里大声喊道："今天我无论如何是要出去的，要不你就夹死我吧，反正我又不是你亲生的！"我被她搞得哭笑不得。

为了劝她进去，我是好话说尽，而她那边却充耳不闻。她用双手紧紧抱着门框，既不肯进去，也不让关门，就这样与我僵持着。

为了缓和雯雯的对立情绪，我只好以退为进，同意她在门口玩一会儿，并答应如果她今天表现好，明天还让她出来玩。

知道今天出去玩已经无望的雯雯，自有她的盘算，她觉得今天能在门口玩也算是个意外收获，聪聪和多多现在还傻乎乎地待在窝里没出来呢！

雯雯站在松鼠笼门口高兴得手舞足蹈，一会儿踮起脚尖向远处张望；一会儿又把整个身子探出笼外，做出随时要跳出笼外的样子；一会儿又像个杂技演员那样，把自己

悬在门框上，展示她们松鼠家的独门绝技。而此时的我，只能万般无奈地呆站在那里。

好不容易，趁着雯雯高兴，我终于连哄带骗把她弄进了松鼠笼里。满以为大功告成，我正要去关门，谁想这意犹未尽的家伙突然又返身跳回门口，还嬉皮笑脸地看着我，那意思好像是说：着啥急，我还没玩够。

在一番苦等、一番软硬兼施、一番讨价还价后，雯雯真的进去了，我也终于关上了大门，一块石头终于落了地。

正暗自庆幸今天与雯雯过招能全身而退，突然听见雯雯隔着笼子向我大声喊道："主人，我们明天再来！"

此时，已被搞得心惊胆战、焦头烂额的我，对她早已是避之唯恐不及，我心想：见过鬼谁不怕黑，还想有明天！

一朵菜花

今天，是新年的元旦，一大早，阳光就欢快、大方地洒满了整个小区。小鸟们也都早早就站在枝头上叽叽喳喳地叫个不停，给新年的第一天带来了节日的喜庆。

聪聪是雷打不动，每天照例要起来晨运。今天，聪聪起得比往日更早，也许，他也知道新的一年到了。

雯雯似乎也感觉到今天的日子与往日有什么不同，她一改以往睡懒觉的习惯，紧随聪聪之后也赶紧跑到了阳台上。她四处张望，像是怕错失了什么好玩的东西。

看到聪聪和雯雯都起来了，一向比较勤快的多多也醒了，她觉得，自己今天是怎么了？怎么会让雯雯这个懒虫抢了个先？

多多赶紧爬了起来，简单梳理了一下，也赶紧到阳台上亮了个相就急匆匆下楼了。

今天多多的心情特别好,她满面春风,好像预感到有什么好事要落到她头上。她仔细一想:雯雯从来都是无利不起早的,她今天大清早起来干吗?想到这里,她赶紧找他们去了。

突然,多多看到不远处有一朵鲜花。哪来的鲜花?是送给我的吗?再走近一看,原来是一朵菜花!多多在心里嘀咕:为什么不是玫瑰花?

但多多转而一想:在这松鼠笼里,能有一朵菜花就偷笑了,要啥玫瑰花?

联想到最近聪聪总在向自己献殷勤,多多心里似乎已经有了答案。她赶紧拿起那朵菜花,急急忙忙找聪聪去了。多多在心里已经认定,这朵菜花一定是聪聪送给她的。

  其实，这朵菜花是我一早随意放进去的，没想到却被多多碰上，并演绎成一个浪漫、温馨的爱情故事。多多终因心态好而收获了更多的快乐！哈哈！人类何尝不是这样？

鸡年的笑话

农历2017年是中国人的鸡年。

过年，对多多来说已不是什么新鲜事了，无非又是买很多花、买很多水果、买很多年货。但今年有一件事情，却是多多过去从来没有听说过的。

年关将至，多多听Kiki说，她们松鼠的远房亲戚，那名声不怎么好的黄鼠狼突然火了，竟然成了新闻人物，人们甚至因为它，把流传了不知多少年的拜年习惯都改了。

以往，人们拜年大都在年初一才开始，但今年的情况完全不同了，纷纷赶在年三十就扎堆拜年了。据说社会上有一种说法在流行：新的一年是鸡年，如果到了鸡年才拜年，就是"黄鼠狼给鸡拜年"，言下之意是不安好心。

还听说，因为大家都一窝蜂挤在年三十拜年，搞得年三十的晚上网络大塞车，都塞爆了；还听说很多人在抱

第四章 狗年的憧憬

怨，说为了赶着拜年，弄得连中央电视台的春节联欢晚会都没有好好看；还有更好笑的，听说一些没赶上年三十拜年的人，整个过年都无精打采的，好像真的做了什么亏心事似的。

知道这件事以后，多多觉得十分好笑、十分滑稽，她在心里想：他们人类太搞笑了，怎么一下子都变成黄鼠狼了？

哈哈！哈哈哈！

不怕贼偷，就怕贼惦记

自从年二十八我买了一盆金橘回家后，多多就开始心神不定了。她成天吵着要到笼子外面玩，还编了一大堆五花八门的理由。她一会儿说：前几天藏在外面的那半个核桃再不吃就坏了；一会儿又说：好久没见到老祖宗了，不知道她的气喘病好了没有；她还说：几天没出笼子外面活动了，腰酸腿疼的，再不出去走走怕是要憋出病来了。

其实，多多的那点心思我早就看得透透的，她无非是惦记着我刚买回来的那盆金橘。

今天，天气晴朗，想着多多已经吵闹几天了，我就去把她放了出来。出了笼子，多多既没有急着去找那半个核桃，也没有去看老祖宗，她径直跑到那棵金橘树下，看着挂在树上一个个金灿灿的果子，她两眼放光，终于露出了吃货的嘴脸。但碍于我就在旁边，她只好装作若无其事。

第四章　狗年的憧憬

不一会儿，多多的嘴角又露出了她那招牌坏笑。她开始围着那棵金橘转来转去，一会儿指着一颗金橘说："这么漂亮的橘子当然是拿来摆设的，吃就可惜了！"一会儿她又指着另一颗橘子说："谁想吃谁没良心。"

想着这金橘酸溜溜的，多多应该不会喜欢，再看她虽在那里指指点点，但好像也没有要吃的意思，我就放心回屋里拿东西去了。

一眨眼工夫我从屋里出来，看见多多坐在金橘树下，手里捧着一颗肥硕的金橘正在大快朵颐，脸上堆满了得意的坏笑。我气坏了，这年还没过，她就把我的金橘给吃了。我的气不打一处来，恨不得把金橘从她嘴里抠过来。

此时，我终于尝到了不怕贼偷、就怕贼惦记的滋味，我也终于明白松鼠的智商为什么会在全世界的动物中排名前十了。

> 我刚才不小心偷吃了一颗金橘，算不算是没良心？

良心发现

今年的春节,我除了像往年一样买了一盆金橘,还别出心裁请了个稀客回来,那是一盆广州人称之为"佛手"的盆景。这种果树因其果实形状奇特,像极了艺术家塑造的观世音菩萨的纤纤十指,因而被人们美其名为"佛手"。人们还赋予它许多吉祥的寓意,它也因此成了老广春节的座上宾。

这第一次出现的"佛手"立刻引起了多多的极大兴趣。一番吵闹以后,多多又如愿以偿从松鼠笼里出来了。她赶紧来到"佛手"盆景树下,急不可耐地爬到树上。她认认真真地把每个果子都看了个遍、闻了个遍。面对这满树黄澄澄、瓜不像瓜、果不像果的"佛手",多多第一次犹豫了,她迟迟没有动手。甚至后来她还多次来到这里,也依然没有做出什么举动来。

这件事让我十分不解，我被她搞蒙了。我在想：这可不是她的风格，到底发生了什么事？是太阳打西边出来了？是她转性了？是良心发现了？她什么时候学会了怜香惜玉？学会了口下留情？我对她的转变感到不解。

　　不久后的一天，我在浇花的时候，不小心把"佛手"弄掉了一块，我好奇地捡起来舔了舔，哇！又酸又涩！

　　哦！我终于明白多多不吃"佛手"的原因了，她不是良心发现，也不是口下留情，她还是那个不折不扣的吃货！

恐怖的门牙！

松鼠的破坏力真的不可小觑，而他们那对门牙，就是他们所向披靡、无坚不摧的武器。

当初，为了让他们生活得更舒适、更丰富多彩，我精心为他们设计、建造了这座豪华的松鼠大宅。豪宅里还为他们配备了各种先进的设施、设备，可以说是应有尽有、极尽奢华。

但自从住进豪宅以后，这些不安分的家伙就开始擅自对大宅进行改造。可惜他们既没有改造的天分，又没有规划设计，只是见啥刨啥，想刨啥就刨啥，几年下来，就把一座豪华松鼠大宅搞得面目全非、不忍直视。

如今的松鼠大宅，简直就像一座贫民窟。原来有房门的，房门被他们拆了；原来有门槛的，门槛被啃得高高低低；原来有屋顶的，要不就是屋顶被掀了，要不就是被开了天窗。大宅里所有房子的墙都被打了洞，里面四通八达，犹如一座迷宫。

更可怜的是，当初我辛辛苦苦亲手为他们做的那两间产房，如今已被咬得破烂不堪，已经找不回当初的模样；而那栋我精心打造，外墙还请画家做了彩绘，一直被我引以为豪的木质三层小洋楼，更是境况凄凉。支撑小楼的四条腿已被他们啃掉了一条半，剩下的两条半，虽还在那里苦苦支撑，却已成了一幢名副其实的危楼。当初好端端的一座松鼠豪宅，如今简直成了一座百孔千疮、断壁残垣的古战场遗址。

唉！恐怖的门牙！

处暑的那场风雨（六则）

一

最近，受接连几个强台风的影响，天气忽风忽雨、忽阴忽晴，把人的心情也搅得阴晴不定。

处暑那天的中午，突然天空乌云密布，伴随着阵阵的大风，预示着一场大雨即将来临。

趁着雨还没下，我赶紧带着Kiki到外面的草地上去小解。这时候，Kiki被垃圾桶边上一个白色的纸袋吸引住了，无论我怎么叫都不肯离开。我觉得奇怪，上前用棍子撩开纸袋一看，惊呆了。只见两只瘦弱的小猫蜷缩在纸袋的一角瑟瑟发抖。凭我的经验，这是一对还未断奶的小乳猫。天啊！什么人可以做出这样的事情来？这不起眼的纸袋随时可能被人们当作垃圾丢到垃圾桶里，那小猫不就……?

眼看一场大雨将至，我已经来不及多想，赶紧把两只小猫拎了回家。

我在垃圾桶边上捡到两只小猫的消息很快就在小区里传开了，连我们小区搞清洁卫生的那位大叔都知道了。

大叔是个很和善的人，跟我的关系也挺好，在我收养小猫的第二天早上，他跑来告诉我：这窝小流浪猫共有五只，自从母猫被人赶跑以后，小猫就跑散了，除了两只被抓住丢到垃圾桶这里，另外三只现在还躲在小区后面那片竹林里，一直在嗷嗷叫。

其实，昨天我把两只小流浪猫领回来，本意并不是想收养它们，只是觉得它们可怜，情急之下暂时收留了它们，想着先把它们养好，再找个好人家把它们收养了。

大叔一定是会错意了，以为我喜欢这些小猫。大约过了半个多小时，只见大叔满头大汗，身上还挂满了竹叶，手里抓着三只惊恐万状的小流浪猫，跑来敲我家的门。我开门一看，不禁暗暗叫苦，两只都够我受的了，现在又来三只!

但面对善良热心的大叔,再看看那三只吓得浑身发抖的小猫,我心软了。我装出一副十分喜欢、十分高兴的样子,接受了大叔的好意以及三只可怜兮兮的小流浪猫。

二

小流浪猫事件在小区和微信朋友圈中迅速发酵,越来越多的爱心人士参与了进来。

最早行动起来的是我的家人,准备猫笼、买猫粮、买猫砂和猫生活用品;在微信群里,另一些人在行动,他们有询问小猫身体状况的,有表示要送猫粮和猫用品的,有的人则忙着在朋友圈发布领养消息,那架势就像是在应对一场大营救。

到了下午,小区金毛犬发财的主人送来了专供小奶猫吃的羊奶粉和猫砂;晚上,小区另一只金毛犬Rocky的主人又送来了一大袋猫粮;我儿子在网上买了一个二手的三层大猫笼,说好是180元的,后来卖家听说是收养流浪猫用的,说了一句:"好人!"只收了120元。

更奇巧的是,搬离我们小区已有两三年的博美犬饭饭的女主人,不知从哪里听到了这个消息,也从大老远跑来

率先领走了我认为最有福气的那只小花猫。

人间自有真情在，有悲伤的地方也会有欢乐，听说小花猫回去以后就发生了许多有趣的事情。

回去以后，小花猫的新主人就在朋友圈发布了这个消息并公开为小花猫征集名字，这顿时引起了网友们的极大兴趣。许多网友甚至连小花猫到底是公猫还是母猫都没搞清楚，就开始发挥各自的奇思妙想给小花猫取名。一时间，各式各样、五花八门、妙趣横生的名字接踵而来、应接不暇。

因为在取名问题上意见不一、争论不休，后来网友们干脆为小花猫取名定了两条原则：第一，小花猫是遭遗弃的，出身卑微，身份可怜，因此名字一定要草根一点，好让小花猫以后不忘本；第二，小花猫的主人现养有一只博美犬，名字叫饭饭，网友们说，光吃米饭不行，还应该有鱼有肉。就这样，遂了网友们的意，小花猫最后被网友们取名为"肉肉"。

哈哈！肉肉这名字太有意思了，虽然看起来粗俗浅显了一点，但胜在够直白、够接地气，也够草根。我想，这样充满人间烟火味的名字，天底下除了网友，也没谁可以想得出来了。哈哈哈！

三

一下子要应付几只尚未断奶又野性十足的小流浪猫，可不是一件轻松的事。我在还没有做好准备的情况下就仓促上阵，被直接推到了奶爸和铲屎官的岗位上。

这些小流浪猫在被驱散之前，可以说除了母猫，他们完全没有与人接触过，因此他们对人十分警觉和惧怕。在我刚开始接近他们的时候，他们总是对我龇牙咧嘴、恶言恶语相向。特别是抓他们喂奶的时候，他们摆出一副要与我拼个你死我活的样子。他们把腰高高隆起，用三只脚支撑着身体，腾出一只前爪做出随时给我致命一击的架势，嘴里还不断发出带有威胁、恐吓意味的"呼呼"声，那样子还真有点吓人。

看到小猫这个虚张声势的样子，我突然想起人们在挖苦那些练武不精、功夫不过硬的人时，喜欢说他们是三脚猫功夫，这下子我算是知道这些人的功夫是跟谁学的了。哈哈！

但大家千万别小看这些小流浪猫，他们年纪虽小，战斗力却依然了得，尤其他们那双利爪，在奋力一击的情况下，也可以轻松划破人的皮肤。所以，在最初的时候，每一次给小猫们喂奶，我都有一种以命相搏的感觉。

一个星期过去了。这一个星期对我来说，真有点疲于奔命的感觉，我每天从早到晚几乎没有停顿，在奶爸和铲屎官之间来回奔波。

所幸的是小奶猫在我的精心照料下，有了脱胎换骨的变化，他们不再是之前那种蓬头垢面、面黄肌瘦的样子了。如今的他们，变得活泼好动、健康阳光，脸上也有了笑容。更令人高兴的是，它们对我的态度发生了180度的转

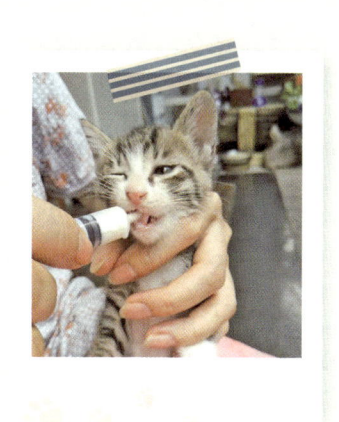

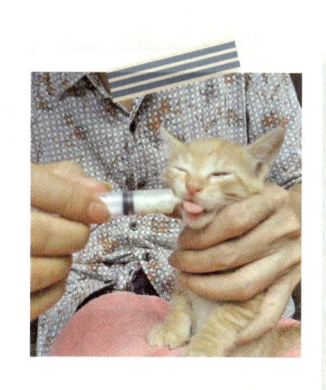

变，见到我不再如临大敌那般，也再没有拿祖传的"三脚猫功夫"来对待我了。

　　现在我给他们喂奶可轻松多了。小猫们已习惯了我用针筒给他们喂奶，每一次见我拿出针筒，他们都会自觉地围拢过来。现在的我，有点像大医院里那些专家门诊的老专家：戴着一副老花眼镜、脖子上挂着听诊器正襟危坐。而此时，那些小猫就像是病人一样，秩序井然地在那排队等候，我只需要叫号就行了。

　　哈哈！我成猫大夫了，哈哈哈！

四

小猫们越来越不安分,他们已不满足于在地面上好好走路了。他们开始挑战速度、高度和难度。只几天工夫,我院子里能打烂的都被打烂了;能弄倒的不知道被他们弄倒多少次了;地上那几只拖鞋,也不知道什么时候招惹了他们,每天被修理得鼻青脸肿、遍体鳞伤;那些个花花草草下场更惨,凡被他们光顾过的,轻则花容失色,重则成了残花败柳。看来,他们这是要对我恩将仇报啊!

正在我挠头的时候,救星——财妈来了。她给小猫们送来了一个猫爬架。

财妈是小区里金毛犬发财的主人，就因为她家金毛犬的名字而被大家亲切地叫了财妈。上次小猫们刚被我收养的时候，也是她第一个送来了小猫吃的羊奶粉和猫砂。这猫爬架来得实在太及时了，虽不能从根本上解决小猫们的问题，但怎么说也可以转移一下小猫们的注意力，让我喘口气吧！

猫爬架刚搭好，小猫们就来了。他们很好奇，开始蹑手蹑脚地向架子走去。在感觉到没什么危险以后，老大率先爬上去了，接着老二、老三、老四都相继爬了上去。

不一会儿工夫，小家伙们已彻底征服了这猫爬架，他们开始在架子上窜上窜下、追逐打闹、快步如飞、如履平地。

猫爬架的到来，不仅让小猫们有了一展身手的机会，也让我再次领教了猫的非凡能力，我在心里嘀咕：他们什么时候会上房揭瓦？

五

财妈其实是个年轻姑娘，在我的眼里，她是个很有爱心，也很热心肠的人。

财妈做事可认真了，听说她为了养好家里的几只小动

都市童话 被带偏的日子

物，还专门到农业大学上了五个月的兽医课程。现在，财妈已经可以说是半个专家了，我们小区里的小动物有什么头痛脑热的都喜欢去问她。

　　财妈也养了两只狗一只猫。金毛犬叫发财，柯基犬叫皮皮，还有一只英国短毛猫叫铁锤。两只狗狗的名字倒没什么特别之处，但这只猫叫铁锤就不知道有什么玄机了。我在想：该不会这猫的祖上是铁匠，要给它留个念想吧！哈哈！

　　说起财妈这三只猫狗，可都不是等闲之辈，听说都是漂洋过海来的。还听说，他们都出身于名门望族，并且都持有血统证书。我在想，这一定是他们的祖上都立过赫赫战功，对国家有贡献，他们的后代才能有这般的荣誉。

但这三个家伙可没有一个是省油的灯，他们每天除了衣来伸手，饭来张口，享受着财妈保姆式的贴身服务，其他时间都基本上用于给财妈添堵、添乱。

六

这发财、皮皮和铁锤，也不知道什么时候自学了一手木匠绝活，平日里没事就合力帮财妈"修理"家里的那些家具。我听说，现在财妈家里的家具，除了一张椅子还四肢健全，勉强可以坐，其他的家具，如大床、沙发、茶几、衣柜，基本上都是皮开肉绽、缺胳膊少腿，惨不忍睹！

不知道从什么时候开始，那只最淘气的柯基犬，大概认为家里的家具已修理得差不多了，已没啥干头了，竟偷偷转行学起了泥瓦匠。之后每回财妈不在家，他就躲在家里的沙发椅背后，偷偷练习泥瓦匠的绝活。

这件事情财妈一直被蒙在鼓里，直到有一天邻居上门告状，质问财妈为什么要在墙上刨个大洞，财妈这才明白之前家里为什么会无端端有那么多的灰土，为什么那柯基犬哪都没去却成天灰头土脸的。

真相终于大白，可怜财妈莫名其妙为柯基犬背了个大黑锅，还要花钱请人来补墙洞，她这也算是种瓜得豆了。

说到柯基犬，无独有偶，在小区里我的另一位画家朋友家里也养了一只柯基犬。我这位朋友在规划花园的时候，特意留下了十来平方米的土地准备用来种菜。谁知道这个规划被他们家的柯基犬知道了，那柯基犬就主动把那刨地的活给包揽了。自那以后，这柯基犬每天起早贪黑，日出而作、日落而息，不嫌脏、不嫌累，刨土不止。最后这柯基犬仅凭一己之力，就硬生生把我朋友的种菜计划给搅黄了，我的朋友真是欲哭无泪。

呵呵！我真庆幸自己一直没有去招惹柯基犬。

核桃危机

核桃营养丰富、甘香可口，是松鼠食谱中最受欢迎的一道美味佳肴，由此，核桃自然也就成了松鼠们平日里最喜欢藏匿的食物。我在家里打扫卫生，就经常会在一些犄角旮旯或盆景的泥土里找到他们藏匿的核桃，这些多半是多多的杰作。

核桃除了好吃，营养价值高，对松鼠来说还有一个很特别的作用。松鼠是啮齿类动物，他们的牙齿一辈子都在生长中，所以，如果松鼠不能通过噬咬硬物来磨牙，让牙齿保持一种正常的状态，就会因为牙齿过长，无法吃食物而死亡。出于对这一问题的担心，我一直都特别注重为松鼠们提供充足的核桃。

这几天，松鼠们的核桃吃完了，偏偏遇上连天大雨，我没能及时去买核桃，核桃一时断供了。于是，我发现松

鼠笼里似乎有了些怨气，他们一个个看我的眼神都变得怪怪的。说出的话也是含沙射影，甚至有点尖酸刻薄。

聪聪看我的眼神好像在说："主人，你是不是不喜欢我们了，为什么这么久都不给我们买核桃？"雯雯则用酸溜溜的语气说："主人现在把注意力都放在了高髻冠夫妻和那些小高髻冠的身上了，哪里还有工夫管我们。"多多则随声附和道:"再不拿核桃来,到时候我们的牙齿长成了大龅牙,奇丑无比,你可别怪我们。"天啊!他们怎么可以这样,看这架势,我要再不拿核桃来,他们怕是要推翻我的领导了。

  雨终于停了,我赶紧去买来了核桃。见到核桃的那一刻,松鼠们的脸上露出了久违的笑容,说话的语气也是和风细雨,一个个看我的眼神都变得晴空万里,松鼠笼里又是一片欢声笑语。

半边橙皮

最近，多多因为我与高髻冠夫妻的关系过于密切而颇有微词。

这段时间，多多看到高髻冠夫妻俩频频出现在我的身边。我喝茶的时候，他们在我身边；我在阳光房写东西的时候，他们在我身边；就连我在茶亭里弹琴的时候，听众依然是他们。多多明显有了一种失落感。

而更让多多恼火的是，高髻冠夫妻凭借空中优势，还有那比贼还尖的眼睛，经常窥破她的秘密，把她精心藏匿的食物给吃了。

几天前，高髻冠夫妻就把多多藏匿的一块苹果吃了；之后，又把多多藏匿的一颗荔枝给吃了；昨天，多多费了九牛二虎之力，才把吃剩的半边橙子拖到院子里那颗盆景树上藏起来，没想到多多刚一离开，高髻冠夫妻就来了。

第四章 狗年的憧憬

他们很快就发现了多多藏起来的那半边橙子，并毫不客气地吃了起来，吃到高兴处，高髻冠丈夫还叽里呱啦地哼起了小曲，把多多气得直跺脚。

眼看自己藏匿的半边橙子一转眼就被高髻冠夫妻吃得差不多了，多多急得直冒火，她在松鼠笼里大喊大叫。

见多多在松鼠笼里急得团团转，像只热锅上的蚂蚁，我只好把她从松鼠笼里放了出来。一出松鼠笼，多多就直奔她藏匿橙子的那棵盆景树，但晚了，那半边橙子早就被高髻冠夫妻吃得只剩下半边橙皮。

多多实在无法咽下这口气。一直以来，只有她吃了别人的东西，什么时候见过别人吃了她的东西。多多有冤无

处申，有气无处撒，她把被高髻冠夫妻吃剩的半边橙皮狠狠地扔到地下，从树上爬下来。她哭丧着脸，悻悻地向松鼠笼走去，嘴里不停地骂道："日防夜防，家贼难防，该死的高髻冠！"

想到之前多多强吃我的大南瓜，偷摘我的金橘，我忽然有了一种幸灾乐祸的感觉。我心想：活该！恶人自有恶人磨，哈哈哈！

冰释前嫌

　　这个冬天对于老祖宗来说就是个坎。老祖宗由于年纪大了，心肺功能不好，一到晚上又咳又喘，到了白天就完全没了精神，我们只好三天两头带她去看病。这一切都被细心的多多看在了眼里。

　　其实，多多跟老祖宗的关系并不怎么好，老祖宗一直有点看不起她，在老祖宗的眼里，多多就是一只多了两缕耳毛、尾巴长得大一点的老鼠，没啥了不起。尤其是后来发生了多多把Kiki当马骑的事情以后，老祖宗就几乎没再和她说过话了。

　　反观多多，却一直在做着各种努力，希望能缓和与老祖宗的关系，渴望能重新获得与老祖宗的友谊。

　　这一天，多多见老祖宗又独自坐在茶亭的凳子上打瞌睡，面容有点憔悴，身体也明显大不如前，多多的心里多少有点不是滋味，她打心里想为老祖宗做点什么。

想到这里，多多不再管老祖宗高兴不高兴，她一下子跳到老祖宗坐的凳子上，直接跑到老祖宗的面前。老祖宗依然是不管不顾的样子，但眼神里明显没有了之前那种强烈的对立情绪。多多是个情商极高的家伙，她一眼就看出了老祖宗眼神的变化。她赶紧又跑到老祖宗的背后，对着老祖宗又是掐腰又是捶背的，嘴里还满是舒心的话语。老祖宗一时被多多搞得有点不知所措，只好任由多多在自己身上折腾。见老祖宗不反感，多多干脆跳到老祖宗的背上，看样子是要为老祖宗来个全身按摩。此时的老祖宗已完全被多多的行动感化了，她的眼里已是满满的善意与歉疚，她们终于和解了。

就这样，老祖宗因为这场病，得到了一个与多多冰释前嫌的机会，她们不再形同陌路、冷眼相待，这大概就是古人所说的"精诚所至，金石为开"吧！

龟邻居

受一位朋友的影响，我突然喜欢上了黄缘闭壳龟，为此我决定在小院里砌一个龟池。

黄缘闭壳龟在我国南方大部分省份都有分布，因体态优美、气质高雅、性格温和、易于养殖等特点而广受龟友们的喜爱。

黄缘闭壳龟在民间也有国龟一说，网上还有一种说法：黄缘闭壳龟是我国独有的龟种，迄今为止，在自然条件下除中国本土以外唯一发现有黄缘闭壳龟的地区是琉球群岛。但这究其原因，也是先前的琉球群岛是中国的藩属国，是我们的先民把黄缘闭壳龟带到了那里而繁衍了下来。说到底，那里的黄缘闭壳龟也是我们中华的血脉，是我们的龟儿子、龟孙子。

我个人对黄缘闭壳龟还有一个很搞笑的看法：在我看

来，黄缘闭壳龟总喜欢把头高高地昂起，一副无所畏惧的样子，眼中更是透出一种坚毅与自信。记得有一位古人说过：人可以没有傲气，但不可以没有傲骨。在我看来，黄缘闭壳龟就是个浑身傲骨的家伙。

龟池就建在松鼠笼的边上，多多做梦也没想到，她会和这些黄缘闭壳龟成为邻居。

但多多作为邻居，显然有点不安分，龟池才砌好，龟们刚刚入住，还没安下神来，她就迫不及待不请自来了。

那天，多多神气十足地跑到龟池，还做出一副上级领导来视察的派头，对着那些还忐忑不安的大小龟们指手画脚、评头论足，明显是有给人家下马威的意思。她还把那些龟们姓甚名谁、出生年月、祖宗八代都问了个遍，完全不像个邻居，倒像个查户口的。

第四章 狗年的憧憬

正当多多春风得意,还想继续发表点什么重要指示的时候,忽然听到隔壁松鼠笼里的雯雯大声喊:"快跑,那些龟会吃鼠的!"

> 差点被这几只乌龟坏了我一世英名。

多多完全沉浸在自己营造的无限风光中,正想再好好发挥一下,突然听到雯雯这么一喊,她搞不清到底发生了什么事,吓得撒腿就跑。

待她跑出龟池再回头一看,那些龟们一个个都高昂着头,虎视眈眈地盯着她,多多顿时被吓出了一身冷汗。

这件事都怪我,我什么都跟多多说了,偏偏就忘告诉她,这黄缘闭壳龟还有一个响当当的名字——克鼠龟。

哈哈!玩砸了吧?!

故地重游

又到了一年的夏天。

七月,骄阳似火,在阳光的感召下,院子里的花花草草都挺起了腰,昂起了头,仰起了脸,一片郁郁葱葱;那一缸荷花也不甘示弱,叶子疯了似的往上蹿,那荷叶像一竿竿撑开的小洋伞在微风中摇曳;水面上的几只塑料鸭子,不顾烈日当头,依然忠实地守护着这一池水面,严防死守不让那猪屎喳再来捞鱼。

多多已经好久不到这里来了。自从上次大战猪屎喳,她出师不利,不慎跌落水中,出尽了洋相以后,她就把这里视为自己的一个伤心地,再也不愿踏足这里。

但自从这一缸荷花长起来后,多多看到主人不断带着一些客人在这里比比画画、指指点点,多多就在想:莫非是莲子熟了?

第四章 狗年的憧憬

在到底要不要去看一看的问题上,多多着实犹豫了很久,她主要是担心万一到了那里,碰到熟人,又提起当年的丑事,让自己难堪。

但终究,多多还是抵挡不住好奇心和莲子的诱惑,她决定去碰碰运气。

真是不是冤家不聚头,怕啥来啥,多多刚到那里,第一个遇见的就是那几只塑料鸭子。为了掩饰自己内心的不安,多多竟以攻为守,大言不惭地对着那几只鸭子说:"上次要不是我掉水里,那猪屎喳就惨啰!"

听完多多的话以后,那几只鸭子也没吭声,不置可否。

多多自知那几只鸭子其实并不买自己的账,也就不再纠缠,独自找莲蓬去了。其实,这长在缸里的荷花,又怎么会有莲蓬呢?

这时候,一枝尚未展开的荷叶进入了多多的视线,她闻到了那荷叶散发出来的一股淡淡的荷香味,禁不住诱惑,她一把将荷叶拽住,吃了起来。

就这样玩了一会儿,多多觉得很失望,这里并没有她想要的东西,她决定打道回府。

临走时,欢送她的还是那几只鸭子,多多努力装出很坦然的样子,她故意提高了嗓门对着那几只鸭子大声喊道:"我走了,要是那猪屎喳还敢来,别忘了叫我啊!"说完,她就像一个打了胜仗的英雄一样大摇大摆地走了。

一对石礅

家的小院子里新添了一对石礅,每个石礅上都雕琢了四只憨态可掬的大象,样子十分祥和可爱。

石礅大且重,晚上搬进来的时候动静有点大,一不小心就把多多给惊动了。这下,这管家婆又该有事可做了。

果然,第二天一早多多就来了,看着这两个新到的石礅,多多故作惊讶地问道:"哪来这么多大象?"

大象在中国人的文化传统中,是一种瑞兽,是吉祥动物。历朝历代的工匠艺人也都喜欢以大象作为创作的题材,并赋予这些作品许多吉祥的寓意,如:大象配上如意,叫"吉祥如意";大象的背上驮一个花瓶,叫"太平有象";大象和孩子在一起戏耍,叫"孩童喜相";而大象身上要是骑着只猴子就更不得了了,寓意是"封侯拜相",例子不胜枚举。

在现实生活中，大象是陆地上最大的动物，就连那百兽之王——狮子或者老虎在它的面前也只能俯首称臣。

大象的食量惊人，一只大象每天要吃下几百斤的草或树叶、树根、树皮等食物，巨大的食量成为大象的沉重负担，同时也对自然环境造成了一定的破坏。

大象最引人注目的除了庞大的身躯外，还有那一对威武、漂亮的大象牙。但如今，这对威武、漂亮的大象牙，却成为它们被人类疯狂猎杀的主要原因。

大象还有一个鲜为人知的特点，那就是惊人的记忆力。大象几乎每天都在长途跋涉、不断迁徙，动辄数十公里、数百公里，而它们总能准确地到达目的地，靠的就是惊人的记忆力。

曾经看过一则报道，苏联某著名马戏团的一头大象，在五十年后还袭击了在它幼时虐待过它的驯兽员。照这样说来，古时候中国人引以为豪的"君子报仇十年不晚"，在大象面前，简直就是小巫见大巫了。

说到大象，我忽然又想起小时候玩过的一种棋。这种棋叫斗兽棋。棋设有大象、狮子、老虎、豹、狼、狗、猫、鼠等棋子，大象在这场争斗中处于战力的顶端，老鼠处于战力的末端。但这种棋的特别之处在于，在赛制的设计上，偏偏安排了老鼠可以吃大象，这一奇妙的安排，使

得这场争斗瞬间变得复杂而多变，妙不可言。由于从小就玩这种棋，受到了这种棋的误导，以至于在我长到很大以后，还一直深信老鼠是可以吃大象的。哈哈！

多多已经好久没这么高兴了，她觉得这些大象十分和蔼可亲，一点都不可怕，她在那些大象的身上跳上跳下，玩了个不亦乐乎。看着多多玩得无比开心的样子，我不禁在想：多多不会像我一样，也是受了斗兽棋的误导，真的以为鼠是可以吃象的吧？

狗年的憧憬

转眼间,又是一年的年关将至。

这两天,看到我们在家里进进出出、忙上忙下,还把家里显眼的地方都贴上了各式各样的狗狗年画,凭着多年的经验,多多知道,一定是狗年到了。

多多是在马年来到我们家的,算起来她在我们家已经历了马、羊、猴、鸡四个年头了。

每当新年来临之际,看到我们在那里张贴各式各样、花花绿绿的生肖年画,多多的心里不知道有多羡慕。她觉得这些年画好漂亮哦!那些马呀、羊呀、猴呀、鸡呀、狗呀,在那些年画上好威风哦!

每到这个时候,多多也会在心里产生一种失落感,她想:要是有松鼠年就好了。想着到了松鼠年,也是家家户户都挂着松鼠的年画,家里到处贴满了松鼠的照片,主人

第四章 狗年的憧憬

还给他们买很多很多好吃的东西，多多的心里美滋滋的。

　　多多转而一想：不知道还要等到什么时候才是松鼠年呢？自己离开家乡已经好多年了，一直没有机会回去看看，等到了松鼠年，一定要让主人开着他那辆独轮车，带上自己，再带上聪聪和雯雯，也带上老祖宗和Kiki，反正只要那辆独轮车能坐得下就多带几个，一起回老家热闹热闹，风光风光，好好过个松鼠年。想到这里，多多的心里别提有多高兴了。

突然，多多好像想起了什么，只见她一转身匆匆忙忙向松鼠笼跑去，她一边跑一边手舞足蹈、又蹦又跳，看她那着急又兴奋的样子，我在想，她一定是急着要把刚才想到的松鼠年的好消息告诉Kiki、老祖宗和聪聪、雯雯吧！

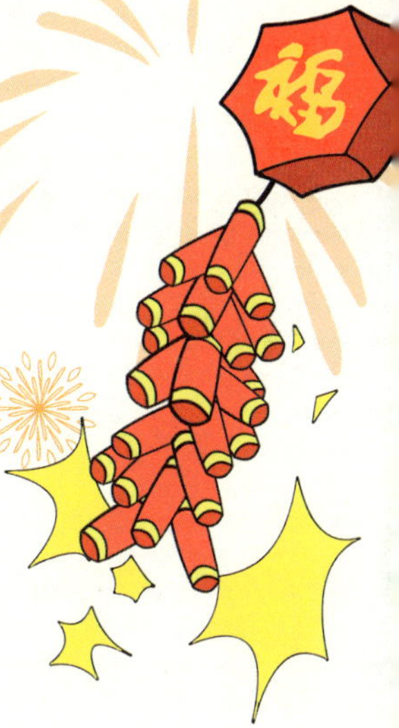
福

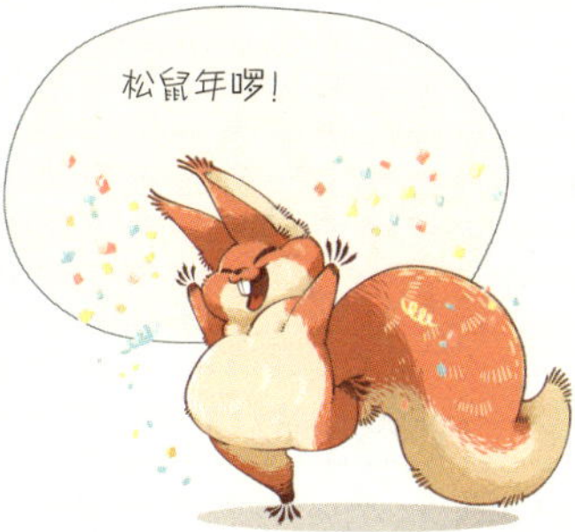
松鼠年啰!

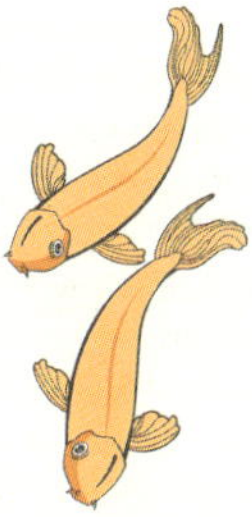

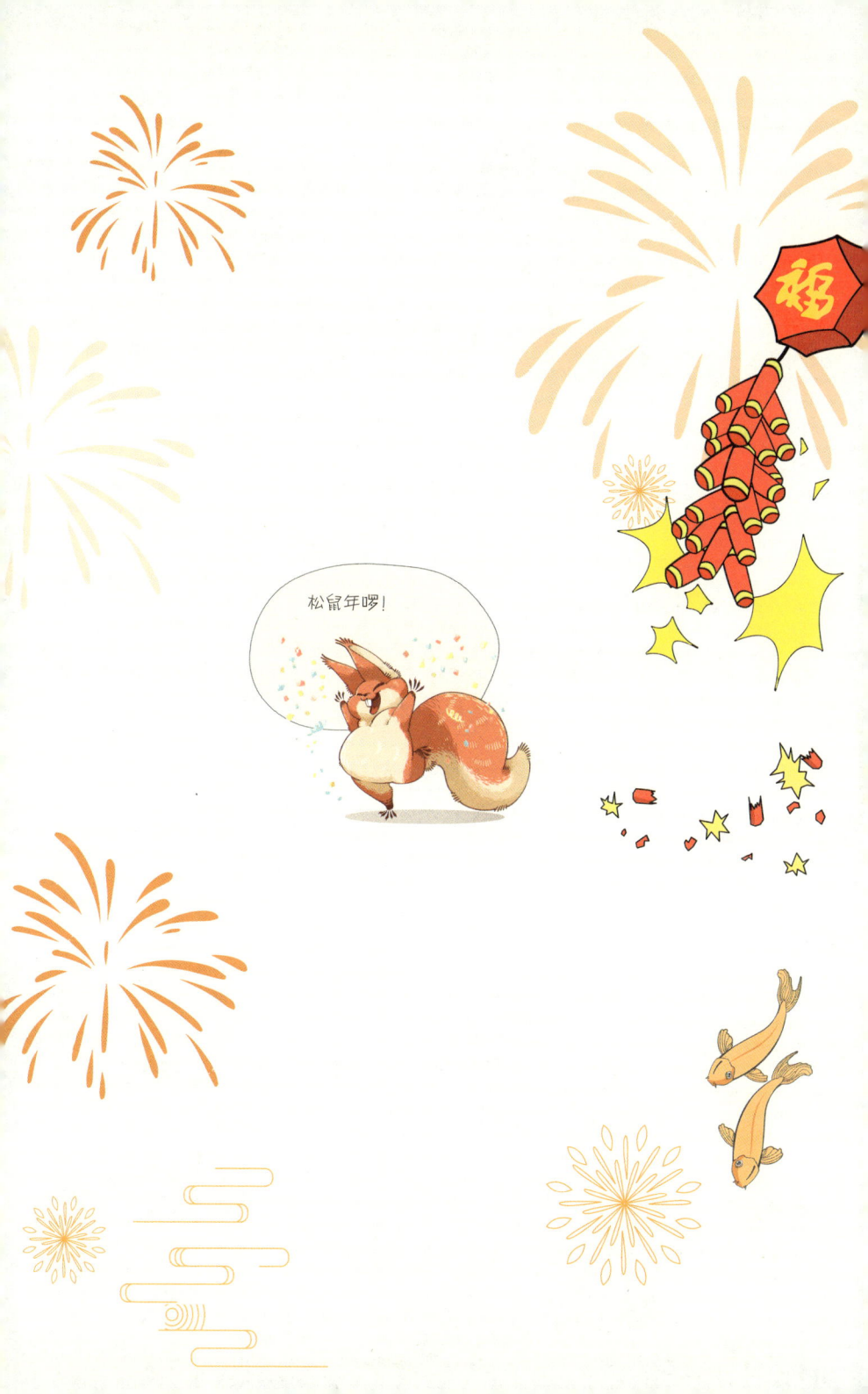

后记

当书写到最后一篇——《狗年的憧憬》,我的心中忽然涌出了浓浓的惆怅感。我在想:难道这一切就要结束了吗?

与动物相处,实在是让人快乐,但离别又是那么的难。在《都市童话:被带偏的日子》一书中,为了不影响读者的情绪,我一直没有提及在这一过程中一些不幸的事情。其实,聪聪和雯雯都已先后"走"了,夺走它们生命的可能就是南方的高温天气。聪聪和雯雯的离去,让我痛彻心扉,我一直陷入深深的自责之中。我不断问自己:聪聪和雯雯虽然是人工繁殖的动物,但我们应该驯化野生动物吗?我们有权力剥夺它们的生存权吗?

在2020年疫情期间,陪伴我们已十九个年头的博美犬老祖宗和与我们共同生活了十四个年头的萨摩耶犬大美女Kiki也

"走"了，它们都是在我的怀抱中"走"的。它们的离去让我有一种失去亲人般的痛，它们的离去唯一能让我得到安慰的是：它们是带着我们人类能给予它们的最大善意和爱走的。

所幸的是多多还是那么健康、活泼、可爱，只是那两缕漂亮的耳毛，自从耳朵被聪聪咬伤以后就大不如前了。聪聪和雯雯的离去，让多多倍感伤心，孤独和寂寞再次向它袭来，它只能在我的身上寻找心灵的慰藉，它与我更贴心了。

高髻冠夫妻依旧每天来跟我碰面、索食。它们与白头翁已经和解了，还经常结伴来到我这里，但仍然会为了争黄粉虫而发生一些争吵，大打出手倒是没有了。

其后，由于救助几只未断奶的小流浪猫，我又与猫结了缘，并引得小区里更多的流浪猫来到了我的小院，它们一个个都不把自己当外人，我的小院几乎成了小区里流浪猫的乐园。

我又开启了一段与这些小动物们的新的旅程。

作为一个动物爱好者，我除了不遗余力地关心、照顾我身边这些小动物外，也十分关注自然界中野生动物的命运和生存状态。我十分欣喜地看到，近些年来，我们国家对自然环境的保护、对野生动物的保护以及对它们生存环

后 记

境的保护都力度空前,并出台了众多的政策、法律法规和措施。

在这一大背景下,如今,我国的野生动物生存环境得到了极大的改善,各种生态保护区和动植物保护区如雨后春笋般涌现,它们像一颗颗镶嵌在祖国大地上的璀璨明珠,为动植物以及生物的多样性发展提供了安全的栖息地和繁衍地。对野生动物的有效保护,促进了本土野生动物的繁衍和大量季候鸟以及迁徙动物的到来,为我们带来了一片欣欣向荣的景象,带来了祥瑞之气;许多珍稀动物及一些本以为已灭绝的动物的重新出现,让我们看到了人与自然、与野生动物和谐相处焕发的勃勃生机;我国的森林覆盖率也从建国初的8.6%上升至今天的约23%,这是何等巨大的跨越。从此,祖国的河山不再只是壮丽,更有了秀美。而不久前发生的,并被全世界交口称赞的云南大象出游事件,更是影响深远,这是一阕由政府、官员、民众以及全社会共同谱写的动物保护的瑰丽华章。

作为一个动物爱好者,我还欣喜地看到,随着社会的发展、文明的进步,以及保护环境、保护野生动物的政策和宣传深入人心,在民间,过去把野生动物更多地放在食物链的陋习正在被摒弃,而让野生动物回归到生态链的认识正在逐渐成为全社会的共识。

书的最后,照例要一一道谢!

第一,感谢当初在朋友圈关注、点赞小松鼠多多的那些朋友,以及后来鼓励帮助我完成这本书的朋友,没有他们就没有这本书。

第二,感谢我的家人。感谢他们在我花费大量时间和精力来照顾这些小动物,而忽略了他们,并给他们的生活带来诸多不便的时候,对我的包容、理解和支持。

第三,感谢书中那一众动物朋友。感谢它们对我的信任和友善!感谢它们带给我欢乐!

最后,感谢那些将留意和阅读这本《都市童话:被带偏的日子》的读者朋友,并祝他们身体健康!快乐!

无心插柳

壬寅虎年仲夏